一笑

古龍自署

國際學術研討會

古龍武俠小說 領先時代半世紀

【記者賴素鈴／報導】江湖代有才人出，這廂古龍凋零二十載，那廂今朝懸賞百萬獎新秀，浪淘不盡，唯有武俠熱愛，不隨時間變易，在學術研討會上更見分明。以「一代鬼才：古龍與武俠小說」爲主題，淡江大學第九屆文學與美學國際學術研討會昨起在國家圖書館，展開爲期兩天的議程，紀念武俠小說家古龍逝世二十周年，新生代學者與古龍故舊齊聚一堂，以文論劍話武俠。

日前與淡大中文系教授林保淳共同發表《台灣武俠小說發展史》，武俠小說評論家葉洪生昨天在專題演講中，直批胡適1959年底發表「武俠小說下流論」是「胡說」，學界泰斗的不當發言以及隨即展開的「暴雨專案」，反而促成1960年起台灣武俠新秀的繁興，「武俠小說迷人的地方，恰恰在門道之上。」，葉洪生認定，武俠小說審美四原則在文筆、意構、雜學、原創性，他強調：「武俠小說，是一種『上流美』。」

集多年心血完成《台灣武俠小說發展史》，葉洪生認爲他已爲從十歲起迷上武俠小說的半世紀畫上完美句點，並且宣布他「以後決心退出武俠論壇，封劍退隱江湖」。

雖然葉洪生回顧武俠小說名家此起彼落，套太史公名言「固一世之雄也，而今安在哉？」，認爲這是值得深思的嚴肅課題，昨天意外現身研討會而備受矚目的溫世禮，則爲了紀念同是武俠迷的哥哥溫世仁，推出第一屆「溫世仁武俠小說百萬大賞」，即日起至今年10月3日截止收件，經兩階段評選後於明年12月7日公布首獎得主，預料將會是一場武林新秀的龍虎爭霸戰。

看明日誰領風騷？風雲時代出版社發行人陳曉林眼中的古龍，其實領先他的時代半世紀，以致如今雖然古龍逝世20年，陳曉林認爲大家對古龍的了解仍然有限，預言未來世代更能和古龍的後設風格共鳴。

昨天這場研討會，也凸顯武俠小說作爲一項文學研究門類，仍有待開發學習空間。多位與會者都指出，武俠小說的發表、出版方式和管道具考證難度，學術理論與論文格式的建立待加強。而武俠名家的版權之爭、市場競爭力，也增加出版推廣困難，古龍武俠小說的版權糾紛、司馬翎作品的版權官司也成爲研討會的場外話題。

與

武俠小說

第九屆文學與美
一代鬼才
古

古龍兄為人慷慨豪邁、跌蕩自如，變化多端，文如其人，且復多奇氣，惜英年早逝，余與古兄當年交好，且喜讀其書，今既不見其人，又無新作可讀，深自嘆惜。

金庸

一九九六、十、十二、香港

邊城浪子

（中）

古龍精品集42

邊城浪子(中)

目錄

十八　救命的飛刀

一柄三寸七分長的刀。

飛刀！

李馬虎看到這把刀，一張臉突然扭曲。

接著，他的人也倒下，竟像是被一道無聲無息的閃電擊倒。

他倒下去的時候，手裡彷彿有些東西掉在桌上。

傅紅雪霍然轉身，就看到了葉開。

葉開正微笑著走進來。

他沒有帶刀。

傅紅雪看著他，又看了看倒在地上的李馬虎，厲聲道：「你這是幹什麼？」

葉開笑了笑。

他總是喜歡用笑來回答一些他根本不必回答的話。

傅紅雪永不必再問了。

他也已看見桌上三根針。

慘碧色的針。

針是從李馬虎手裡掉下來的。

若不是那柄刀，傅紅雪現在只怕也和樂樂山一樣躺了下去。

難道這馬馬虎虎的雜貨店老闆，竟是心狠手辣的杜婆婆？

傅紅雪緊握雙手，過了很久，才抬起頭。

葉開也正在看著他微笑。

傅紅雪突然冷冷道：「你怎麼知道我躲不過他這一著？」

葉開道：「我不知道。」

傅紅雪道：「你為什麼總是要來救我？」

葉開又笑了，道：「誰說我是來救你的？」

傅紅雪道：「你來幹什麼？」

葉開淡淡道：「我只不過來將一把刀，打在這個人的手上而已，手是他的，刀是我的，跟你並沒有什麼關係。」

傅紅雪說不出話來了。

葉開施施然走過來，坐下，深深吸了口氣，微笑道：「飯炒得好像還不錯，香得很。」

傅紅雪道：「哼。」

葉開道：「酒好像也不錯，只可惜沒有了。」

傅紅雪正想開口，葉開忽又笑道：「我那柄刀夠不夠換一角酒？」

倒在地上的人沒有動，也沒有開口。

葉開道：「若是不夠，你就該還我的刀。」

還是沒有人開口。

葉開嘆了口氣，俯下身，拍了拍這人的肩，道：「杜婆婆，我既已認出了你，你又何苦……」

他聲音突然停頓，臉上居然也露出驚訝之色。

倒下去的人竟已永遠起不來了。

這人的臉已扭曲僵硬，手腳已冰冷。

手背上還釘著那柄刀。

傅紅雪看了看這張臉，又看了看這柄刀，道：「你刀上有毒？」

葉開道：「沒有。」

傅紅雪道：「沒有毒這人怎麼會？」

葉開沉吟著道：「她年紀看來要大得多，老人都是受不了驚嚇的。」

傅紅雪道：「你說她是被駭死的？」

葉開道：「手背並不是要害，刀上也絕沒有毒。」

傅紅雪道：「你說她就是『斷腸針』杜婆婆？」

葉開嘆了口氣，道：「無骨蛇既然可以是個老太婆，杜婆婆為何不能是個男人？」

傅紅雪緩緩道：「是的，我知道杜婆婆是個怎麼樣的人。」

葉開道：「你應該知道。」

傅紅雪突然冷笑道：「像她這種人，難道也會被小小的一把刀嚇死？」

葉開道：「但她的確已死了。」

傅紅雪道：「這究竟是把什麼樣的刀？」

葉開笑了笑。

他也喜歡用笑來回答他不願回答的話。

他拔起了這柄刀。

刀鋒薄而鋒利，閃動著淡青的光。

他看著這柄刀時，眼睛裡也發出了光。

過了很久，才緩緩道：「無論如何，你總不能不承認這也是一柄刀吧。」

傅紅雪也沉默了很久，才緩緩道：「想不到你也會用刀。」

葉開又笑了笑。

傅紅雪道：「我從未看過你帶刀。」

葉開淡淡道：「刀本就不是給人看的。」

傅紅雪也只有承認。

葉開道：「也許只有看不見的刀，才是最可怕的刀吶！」

傅紅雪道：「世上沒有看不見的刀！」

葉開凝視著手裡的刀，緩緩道：「也許你能看得見它，但等你看見它時，往往已太遲了……」

可以嚇死人的刀，通常都是看不見的刀。

因爲等你看見它時，就已太遲了。

刀又看不見了。

突然間，這柄刀已在葉開手裡消失，就像是某種魔法奇蹟。

傅紅雪垂下頭，看著自己手裡的刀，眼睛裡也露出了種奇怪的表情。

他終於明白了葉開的意思。

公孫斷也沒有看見過他的這把刀。

公孫斷能看到的只是刀柄和刀鞘。

葉開淡淡道：「很容易被人看見的刀，就很難殺人了。」

傅紅雪在聽著。

葉開慢慢的接著道：「所以懂得用刀的人，也一定懂得收藏他的刀。」

傅紅雪輕輕嘆息了一聲，喃喃道：「只可惜這件事並不容易。」

葉開道：「的確很不容易。」

傅紅雪道：「那遠比使用它還要困難得多。」

葉開微笑道：「看來你已明白了。」

傅紅雪道：「我已明白了。」

他抬起頭，看著葉開。葉開的微笑溫暖而親切。

傅紅雪突又沉下了臉，冷冷道：「所以我希望你也明白一件事。」

葉開道：「什麼事？」

傅紅雪道：「以後永遠不要再來救我，你走你的路，我走我的，我們本就完全沒關係，你就算死在我面前，我也絕不會救你。」

葉開道：「我們不是朋友？」

傅紅雪道：「不是！」

葉開也輕輕嘆息了一聲，苦笑道：「我明白了。」

傅紅雪咬著牙，道：「那麼現在你已可以去走你的路。」

葉開道：「你呢，你不出去？」

傅紅雪道：「我為什麼要出去？」

葉開道：「外面有人在等你。」

傅紅雪道：「誰？」

葉開道：「一個不是老太婆的老太婆。」

傅紅雪皺眉道：「他等我幹什麼？」

葉開道：「等你去問他，爲什麼要暗算你。」

傅紅雪的眼睛突然亮了，立刻大步走了出去。

其實他根本不必急著出去。

因爲外面那個人，無論再等多久，都不會著急的。

死人永遠不會著急。

西門春本就不是個很高大的人，現在似已縮成了一團。

他躺在櫃台後的角落裡，眼珠凸出，彷彿還帶著臨死時的憤怒和恐懼。

是誰殺了他？

他自己顯然也未想到這個人會來殺他。

一根鋼錐，插在他心口上，從創口流出的血，現在還未乾透。

附近卻沒有人。

現在正是吃晚飯的時候了，本就很少有人還留在街上。

傅紅雪站在那裡，手腳已僵硬，直到聽見葉開的腳步聲時，才沉聲問道：「你說這人就是『無骨蛇』西門春？」

過了很久，葉開才吐出口氣，道：「是的。」

傅紅雪道：「我也知道他是個怎麼樣的人。」

葉開道：「你應該知道。」

傅紅雪道：「他既沒有反抗，也沒有呼喊，就已被人殺了。」

葉開道：「這是致命的一椎。」

傅紅雪道：「能這樣殺他的人並不多。」

葉開道：「很多。」

傅紅雪皺眉道：「很多？」

葉開突然長嘆，道：「無論誰都可以殺了他，因爲他已根本沒有反抗之力。」

傅紅雪道：「爲什麼？」

葉開苦笑道：「我怕他不肯等你，所以先點了他的穴道。」

他忽又接著道：「只不過，能殺他的人雖多，想殺他的人卻不多，也許只有一個。」

傅紅雪道：「誰？」

葉開道：「一個生怕你將他秘密問出來的人。」

傅紅雪沉默了很久，道：「他爲什麼要殺我？是誰要他來殺我的？……這就是他的秘密？」

葉開道：「不錯。」

傅紅雪突然冷笑，然後就轉身走了出去。

葉開道：「你要到哪裡去？」

傅紅雪道：「我走我的路，你爲何不去走你自己的路呢？」

他頭也不回，慢慢的走上了長街。

長街寂寂，對面窄門上的燈籠已燃起。

一陣風吹過，將那窄巷口點著的招租紅紙吹得飛了起來。

風很冷，夜已將臨，是不是秋天也快來了？

晚風中已有秋意，但屋子裡卻還是溫暖如春。

在男人們看來，這地方彷彿永遠都是春天。

角落裡的桌子上，已有幾個人在喝酒，暮色尚未濃，他們的酒意卻已很濃了。

葉開剛坐下來，蕭別離已將酒杯推過來，微笑道：「莫忘記你答應過請我喝酒的。」

酒杯已斟滿。

葉開微笑道：「莫忘記你答應過可以掛帳。」

蕭別離笑道：「無論誰答應過你的話，想忘記只怕都很難。」

葉開道：「的確很難。」

蕭別離道：「所以你已可以放心喝酒了。」

葉開大笑，舉杯一飲而盡，四下看了一眼，道：「這裡的客人倒真來得早。」

蕭別離點點頭，道：「只要燈籠一亮，立刻就有人來。」

葉開道：「所以我總懷疑他們是不是整天都在外面守著那盞燈籠的。」

蕭別離又笑了笑，道：「這種地方的確很奇怪，只要來過一兩次的人，很快就會上癮了，若是不來轉一轉，好像連覺都睡不著。」

葉開道：「現在我已經上癮了，今天我就已來了三次。」

蕭別離笑道：「所以我喜歡你。」

葉開道：「所以你才肯讓我掛帳。」

蕭別離大笑。

角落中那幾個人都扭過頭來看他，目中都帶著驚訝之色。

他們到這地方來了至少已有幾百次，卻從未看過這孤僻的主人如此大笑。

但是他很快又頓住笑聲，道：「李馬虎真的就是杜婆婆？」

葉開點點頭。

蕭別離道：「我還是想不通，你究竟是怎麼看出來的？」

葉開道：「我沒有看出來……我根本就什麼也看不出來。」

蕭別離道：「但是你猜出來了。」

葉開道：「我只不過覺得有些奇怪，西門春爲什麼要叫傅紅雪到他那裡去拿包袱。」

蕭別離道：「只有這一點？」

葉開道：「我去的時候，又發覺他居然將傅紅雪請到裡面去吃飯。」

蕭別離道：「這並沒有什麼奇怪。」

葉開道：「很奇怪。」

他接著又道：「現在這地方每個人都已知道傅紅雪是萬馬堂的對頭，像他這麼圓滑的人，怎麼肯得罪萬馬堂？」

蕭別離道：「不錯，他本該連那包袱都不肯收下來的。」

葉開道：「但他卻收了下來。」

蕭別離道：「所以他一定另有目的。」

葉開道：「所以我才會猜她是杜婆婆。」

蕭別離道：「你沒有猜錯。」

葉開忽然嘆了口氣，道：「幸好我沒有猜錯。」

蕭別離道：「爲什麼？」

葉開道：「因爲她已經被我嚇死了。」

蕭別離怔住。

葉開道：「你想不到？」

蕭別離嘆了口氣，道：「西門春呢？」

葉開道：「也死了。」

蕭別離拿起面前的酒，慢慢的喝了下去，冷冷道：「看來你的心腸並不軟。」

葉開凝視著他，淡淡道：「現在你是不是後悔讓我掛帳了。」

蕭別離又嘆了口氣，道：「我只奇怪，像他們這種人，怎麼會到這種地方來，而且來了就沒有走。」

葉開道：「也許他們是避難，也許他們的仇家就是傅紅雪。」

蕭別離道：「但他們來的時候，傅紅雪還只是個小孩子。」

葉開道：「那麼他們爲何要殺傅紅雪？」

蕭別離淡淡道：「你不該殺了他們的，因爲這句話只有他們才能回答你。」

葉開嘆道：「他們的確死得太早，也死得太快，只不過……」

蕭別離道：「只不過怎麼樣？」

葉開忽又笑了笑，悠然道：「莫忘記死人有時也會說話的。」

蕭別離道：「他們說了什麼？」

葉開道：「現在還沒有說，因爲我還沒有去問。」

蕭別離道：「爲什麼還不問？」

葉開道：「我不急，他們當然更不會急。」

蕭別離又笑了，凝視著葉開，微笑道：「你實在也是個很奇怪的人。」

葉開道：「和三老闆一樣奇怪……」

蕭別離道：「比他更怪……」

他這句話剛說完，外面突然響起一陣急驟的銅鑼聲，還有人在大呼：「火，救火……」

火勢猛烈。

起火的地方，赫然就是李馬虎的雜貨店。

火苗從後面那木板屋裡冒出來，一下子就將整個雜貨舖都燒著，燒得好快。

就算有人想隔岸觀火都不行，因爲這條街上的屋子，大多都是木板造的。

片刻間，整條街都已亂了起來，各式各樣可以裝水的東西，一下子全都出現了。

火光照著蕭別離的臉，他蒼白的臉也已被映紅了，沉吟著道：「看來那火是從雜貨舖後面的廚房裡燒起來的。」

葉開點點頭。

蕭別離道：「你走的時候，是不是忘了熄燈？」

葉開道：「那裡根本還沒有點燈。」

蕭別離道：「但爐子裡想必還有火。」

葉開道：「每家人的爐子裡都有火。」

蕭別離道：「你認爲有人放火？」

葉開笑了笑，道：「我早該想到有人會放火的。」

蕭別離道：「爲什麼？」

葉開笑得很奇怪，淡淡道：「因爲死人燒焦了後，就真的永遠不能說話了。」

他忽然搶過一個人手裡提著的水桶，也搶著去救火了。

蕭別離很快就已看不見他，但眼睛裡卻還是帶著沉思之色。

他身旁忽然悄悄的走過來一個人，悄悄問道：「你在想什麼？」

蕭別離並沒有扭頭去看，緩緩道：「我剛得到個教訓。」

這人道：「什麼教訓？」

蕭別離道：「你若想要一個人不說話，只有將他殺了後再燒成焦炭。」

救火的人雖多，水源卻不足。

幸好白天下過雨，屋子並不乾燥，所以火勢雖未被撲滅，總算還沒有蔓延得太快。

葉開擠在救火的人叢中，目光就像鷹一樣，在四下搜索。

放火的人通常也會混在救火的人叢裡的，這也許因爲他不願被別人懷疑，也許因爲他很欣賞別人救火的痛苦，很欣賞自己放的火。

這當然是種殘酷而變態的心理，但放火的豈非就是殘酷而變態的人？

只可惜這種人外表通常都很不容易看出來的。

葉開正覺得失望，忽然發覺有個人在後面用力拉他的衣襟。

他回過頭，又發覺有個人很快的轉過身，擠出了人群。

是個頭戴著氈帽的青衣人。

葉開當然也很快的跟著擠了出去。

他擠出去後，還是只能看到這青衣人的背影。

葉開常常喜歡研究人的背影，他發現每個人的背影多多少少都有些特徵，所以若要從一個人的背影認出他來，並不是件困難的事。

這青衣人的背卻像是完全陌生的。

他身材並不高大，行動卻很敏捷，很快的就已走出了這條街。

忽然間，四下就已看不見別的人了。

繁星在天，原野靜寂。

葉開大步追過去，輕喚道：「前面的朋友是否有何指教？請留步說話。」

青衣人的腳步非但沒停，反而更加快了，又走出一段路，就忽然一掠而起，施展的竟是「八步趕蟬」的上乘輕功。

這人的輕功非但很不錯，身法也很美。葉開看見他寬大的衣袂在風中飛舞，忽又覺得他的身法很眼熟，卻還是想不出在哪裡見過這麼樣一個人。

走得愈遠，夜色就愈濃。

葉開並沒有急著追上去。

這青衣人若是真的不願見他，剛才爲什麼要拉他的衣服？

這人若是本就想見人，他又何必急著去追？

風吹草原，長草間居然有條小徑。

這人對草原中的地勢顯然非常熟悉，在草叢間東一轉，西一轉，忽然看不見了。

葉開卻一點也不著急，就停下腳步，等著。

過了半晌，草叢中果然在低語。「你知道我是誰？」

葉開笑了笑，悠然低吟：「天皇皇，地皇皇，人如玉，玉生香，萬馬堂中沈三娘。」

草叢中有人笑了，笑聲輕柔而甜美。

一個人帶著笑道：「好眼力，有賞。」

葉開微笑道：「賞什麼？」

沈三娘道：「賞你進來喝杯酒。」

十九　斬草除根

這荒涼的草原上，怎麼會有喝酒的地方？

葉開走進去後才明白，沈三娘竟在這裡建造了個小小的地室。

若不是她自己帶你，你就算有一萬人來找，也絕對找不到這地方。

這實在是個很奇妙的地方，裡面非但有酒，居然還有張很乾淨的床，很精緻的妝台，妝台上居然還擺著鮮花。

擺酒的桌子上，居然還有幾樣很精緻的小菜。

葉開怔住。

沈三娘看著他，臉上帶著笑，正是那種令人一見銷魂的笑。

她微笑著道：「你是不是很奇怪。」

葉開忽然也笑了笑，道：「不奇怪。」

沈三娘道：「不奇怪？」

葉開也在看著她，微笑道：「像你這樣的女人，無論做出什麼樣的事來，我都不會奇怪。」

沈三娘眼波流動，道：「看來你的確是個很懂事的男人。」

葉開道：「你也是個很懂事的女人。」

沈三娘道：「所以我們就該像兩個真正懂事的人一樣，先坐下來喝杯酒。」

葉開眨了眨眼，道：「然後呢？」

沈三娘又笑了，咬著嘴唇笑道：「你既然是個懂事的男人，就不該在女人面前問這種話。」

葉開嘆了口氣，苦笑道：「其實我只不過想聽你說個故事。」

沈三娘道：「什麼故事？」

葉開道：「神刀堂、萬馬堂的故事。」

沈三娘道：「你怎麼知道我會說這故事？」

葉開又笑了笑，淡淡道：「我知道的事還不止這一樣。」

沈三娘忽然不說話了。

燈光照著她的臉，使得她看來更美，但卻是種很淒涼而傷感的美，就像是夏陽下的歸鴻，殘秋時的夕陽。

她慢慢的斟了杯酒，遞給葉開。

葉開坐下。

風從上面的洞口吹過，燈光在搖晃，夜彷彿已很深了。

大地寂靜，又有誰知道地下有這麼樣兩個人，這麼樣坐在這裡。

又有誰知道他們的心事？

沈三娘又爲自己倒了杯酒，慢慢的喝下去，然後才緩緩道：「你知道神刀堂的主人是誰？」

葉開點點頭。

沈三娘道：「你知道白先羽和馬空群，本來是同生死、共患難的兄弟？」

葉開又點點頭。

沈三娘道：「他們並肩作戰，從關外闖到中原，終於使神刀堂和萬馬堂的名頭響遍了武林。」

葉開道：「我也早已知道白老前輩是個很了不起的人。」

沈三娘嘆了口氣，黯然道：「就因爲他是個了不起的人，所以後來才會死得那麼慘。」

葉開道：「爲什麼？」

沈三娘道：「因爲他使神刀堂一天天壯大，不但已漸漸壓過了萬馬堂，江湖中也幾乎沒有別人能比得上了。」

葉開嘆道：「我想他一定得罪了很多人。」

武林大豪的聲名，本就是用血淚換來的。

沈三娘咬著牙，道：「他自己也知道江湖中一定有很多人恨他，但他卻未想到最恨他的人，竟是他最要好的兄弟。」

葉開道：「馬空群？」

沈三娘點點頭，道：「他恨他，因爲他知道自己比不上他。」

葉開道：「難道他真的是死在馬空群手下的？」

沈三娘恨恨道：「當然還有別的人。」

葉開道：「公孫斷？」

沈三娘道：「公孫斷只不過是個奴才，就憑他們兩個人，怎麼敢動神刀堂，何況白夫人和白二俠也是不可一世的絕頂高手。」

她目中充滿了怨毒之意，接著又道：「所以那天晚上秘密暗算他們的人，至少有三十個。」

葉開動容道：「三十個？」

沈三娘點點頭，道：「這三十個人想必也一定都是武林中的第一流高手。」

葉開道：「你知道他們是誰？」

沈三娘長長嘆息了一聲，道：「沒有人知道……除了他們自己外，絕沒有別人知道。」

她不讓葉開問話，很快的接著又道：「那天晚上雪剛停，馬空群約了白大哥兄弟去賞雪，說是在城外的梅花庵，準備了一席很精緻的酒菜。」

葉開很留意的聽著，彷彿每個細節都不肯錯過，所以立刻問道：「梅花庵既然是出家人的清修之地，怎麼會有酒菜？」

沈三娘冷笑道：「這世上真正能做到四大皆空的出家人又有幾個？」

葉開點點頭，替她倒了杯酒。

他了解她的心情。

像她這種人，對世上任何事的看法當然都難免比較尖刻。

沈三娘喝完了這杯酒，才接著說道：「那天白大哥的興致也很高，所以將他一家人全都帶去了，誰知道……誰知道馬空群要他們去賞的並不是白的雪，而是紅的雪！」

她拿著酒杯的手已開始顫抖，明亮的眼睛也已發紅了。

葉開的臉色也很沉重，道：「馬空群是不是已安排好那三十個人埋伏在梅花庵裡等著他？」

沈三娘點點頭，悽然道：「就在那天晚上，白大哥兄弟兩家，大小十一口人，全都慘死在梅花庵外，竟沒有留下一個活口。」

葉開也不禁黯然，長嘆道：「斬草除根，寸草不留，他們的手段好毒！」

沈三娘輕拭著眼角的淚痕，道：「最慘的是白大哥夫婦，他們縱橫一生，死的時候竟連首級都無法保存，連他那才四歲大的孩子，都慘死在劍下。」

她又替自己倒了杯酒，很快的喝了下去，道：「但暗算他們的那三十多個蒙面刺客，也被他們手刃了二十多個。」

葉開道：「馬空群左掌那四根手指，想必也是被他削斷了的。」

沈三娘恨恨道：「若不是他趁白大哥不備時先以金剛掌力重創了白大哥的右臂，那天晚上他們只怕還休想得手。」

葉開道：「金剛掌？」

沈三娘道：「馬空群也是個了不起的人材，他右手練的是破山拳，左手練的卻是金剛掌，據說這兩種功夫都已被他練到了九成火候。」

葉開道：「白大俠呢？」

沈三娘的眼睛裡立刻又發出了光，道：「白大哥驚絕天下，無論武功、機智、膽識，世上都絕沒有任何人能比得上他。」

你只要看著她的眼睛，就可以知道她對她的白大哥是多麼崇敬佩服。

葉開長長嘆息，黯然道：「爲什麼千古以來的英雄人物，總是要落得個如此悲慘的下場？」

他也舉杯一飲而盡，才接著說道：「白大俠滿門慘死之後，馬空群自然就將責任推到那些蒙面刺客身上。」

沈三娘冷笑道：「最可恨的是，他還當眾立誓，說他一定要爲白大哥報仇。」

葉開道：「那三十個刺客之中，能活著回去的還有幾個？」

沈三娘道：「七個。」

葉開道：「沒有人知道他們是誰？」

沈三娘道：「沒有。」

葉開嘆道：「他們自己當然更不肯說出來，馬空群只怕再也沒有想到這秘密也會洩漏。」

沈三娘道：「他做夢也沒想到。」

葉開苦笑道：「其實連我也想不通，這秘密是怎麼洩漏的。」

沈三娘沉吟著，終於緩緩道：「活著的那七個人之中，有一個突然天良發現，將這秘密告訴了一位白鳳夫人。」

葉開道：「這種人也有天良？」

沈三娘道：「他本來也已將死在白大哥刀下，但白大哥卻從他的武功上認出了他，念在他做人還有一點好處，所以刀下留情，沒有要他的命。」

葉開道：「這人是誰？」

沈三娘嘆道：「白鳳夫人已答應過他，絕不將他的姓名洩漏。」

葉開道：「他做人有什麼好處？」

沈三娘道：「若是說出了他這點好處，只怕人人都知道他是誰了。」

葉開道：「白大俠對他的武功如此熟悉，難道他竟是白大俠的朋友？」

沈三娘恨恨道：「馬空群難道不是白大哥的朋友?那三十個蒙面刺客，也許全都是白大哥的朋友。」

葉開嘆道：「看來朋友的確比仇敵還可怕。」

沈三娘道：「可是白大哥饒了他一命之後，他回去總算還是天良發現，否則白大哥只怕就要永遠冤沉海底了。」

葉開道：「他沒有說出另外六個人是誰？」

沈三娘道：「沒有。」

葉開道：「爲什麼不說？」

沈三娘道：「因爲他也不知道。」

她接著道：「馬空群一向是個很謹慎，很仔細的人，他選擇這三十個人做暗算白大哥的刺客，當然仔細觀察過他們很久，知道他們都必定在暗中對白大哥懷恨在心。」

葉開道：「想必如此。」

沈三娘道：「但這三十個人卻都是和馬空群直接聯繫的，誰都不知道另外的二十九個人是誰。」

葉開道：「江湖中的一流高手，大多都有他們獨特的兵刃和武功，這人多少總該看出一點線索來。」

沈三娘道：「行刺的那天晚上，這三十個人不但全都黑衣蒙面，甚至將他們慣用的兵刃也換過了，何況，這個人當然也很了解白大哥武功的可怕，行刺時心情當然也緊張得很，哪有功夫去注意別人。」

葉開垂下頭，沉吟著，忽又問道：「那位白鳳夫人又是誰？」

沈三娘長長嘆息，悽然道：「她……她是個很了不起的女人，也是個很可憐的女人，她雖然既聰明又美麗，但命運卻比誰都悲慘。」

葉開道：「爲什麼？」

沈三娘道：「因爲她喜歡的男人不但是有婦之夫，而且是那一門的對頭。」

葉開道：「對頭？」

沈三娘道：「她本是魔教中的大公主。」

葉開動容道：「魔教？」

沈三娘黯然道：「三百年來，武林中無論哪一門，哪一派的人，提起魔教兩個字來，沒有不頭疼的，其實魔教中的人也是人，也有血有肉，而且，只要你不去犯他們，他們也絕不會來惹你。」

葉開苦笑道：「我總認爲魔教只不過是種荒唐神秘的傳說而已，誰知道世上竟真有它存在。」

沈三娘道：「近二十多年來，魔教中人的確已沒人露過面。」

葉開道：「爲什麼？」

沈三娘道：「因爲魔教教主在天山和白大哥立約賭技，輸了一招，發誓從此不再入關。」

葉開嘆：「白大俠當真是人中之傑，當真是了不起。」

沈三娘幽幽的道：「只可惜你晚生了二十年，沒有見著他。」

葉開道：「但他當年的雄姿英發，現在我還一樣能想像得到。」

沈三娘看著他，眼睛裡露出一抹溫柔之意，像是想說什麼，又忍住。

她又喝了杯酒，才接著道：「就因爲天山這一戰，所以魔教中上上下下，都將白大哥當作不共戴天的大對頭。」

葉開嘆道：「魔教中的人，氣量果然未免偏狹了一些。」

沈三娘說道：「白鳳夫人就是那魔教教主的獨生女兒。」

葉開道：「但她卻愛上了白大俠。」

沈三娘點點頭，道：「就爲了白大哥，她不惜叛教出走。」

葉開道：「她知道白大俠已有妻子？」

沈三娘道：「她知道，白大哥從沒有欺騙過她，所以她才動了真情。」

葉開長嘆道：「你若要別人真情對你，你也得用自己的真情換取。」

沈三娘的目光又變得溫柔起來，輕輕道：「她明知白大哥不能常去看她，但她情願等，有時一年中她甚至只能見到白大哥一面，但她已心滿意足。」

葉開的眼睛彷彿遙視著遠方，過了很久，才問道：「白大俠的夫人想必不知道他們這段情感。」

沈三娘道：「她至死都不知道，因爲白大哥雖然是一世英雄，但對他這位夫人卻帶著三分畏懼，所以才苦了我們的白鳳姑娘。」

葉開嘆息著，道：「我明白。」

他的確明白。女人最悲慘的事，就是愛上了一個她本不該去愛的男人。

沈三娘悽然道：「最慘的是，那時她已有了白大哥的孩子。」

葉開遲疑著，終於忍不住問道：「你說的這孩子是不是……」

沈三娘道：「這孩子就是傅紅雪。」

葉開動容道：「他果然是來找馬空群復仇的！」

沈三娘點點頭，目中又有了淚光，黯然道：「爲了這一天，她們母子也不知吃了多少苦。」

葉開道：「白鳳夫人難道從未去向她的父親請求幫助？」

沈三娘道：「她也是個很倔強的女人，從不要別人可憐她，何況，魔教中人既然對白大哥恨之徹骨，又怎麼會幫她復仇。」

葉開嘆道：「她既然本是魔教中的公主，當然也不會有別的朋友。」

沈三娘道：「所以她只有全心全意的來教養她的孩子，希望他能夠爲白大哥洗雪這血海深仇。」

葉開道：「看來她的兒子並沒有令她失望。」

沈三娘道：「他現在的確已可算是絕頂高手，我敢說天下已沒有幾個人能比得上，但又有誰知道，他爲了練武曾經吃過多少苦？」

葉開道：「無論做什麼事，若想出人頭地，都一樣要吃苦的。」

沈三娘凝視著他，忽然問道：「你呢？」

葉開笑了笑，道：「我？……」

他的笑容中似也帶著些悲傷，過了很久，才接著道：「我總比他好，因爲從來也沒有人管我。」

沈三娘道：「沒有人管真是件幸運的事麼？」

葉開又笑了笑。

他只笑了笑，什麼都沒有說。

沈三娘輕輕嘆息，柔聲道：「我相信你有時也必定希望有個人來管管你的，沒有人管的那種痛苦和寂寞，我很明白。」

葉開忽然改變話題，道：「這件事的大概情況，我已明白了。」

沈三娘道：「我說的本來就很詳細。」

葉開道：「但你卻忘了說一件事。」

沈三娘道：「什麼事？」

葉開道：「你自己。」

他凝視著沈三娘，緩緩道：「你究竟是什麼人，和這件事又有什麼關係。」

沈三娘沉默了很久，才緩緩道：「馬空群以爲我是白鳳夫人的妹妹，其實他錯了。」

葉開道：「哦？」

沈三娘悽然一笑，道：「我本來也是魔教中的人，但卻只不過是白鳳夫人身邊的一個小丫頭而已。」

葉開道：「傅紅雪認得你？」

沈三娘搖搖頭道：「他不認識我，他很小的時候，我就離開了白鳳夫人。」

葉開道：「爲什麼？」

沈三娘道：「因爲我要找機會，混入萬馬堂去刺探消息。」

葉開道：「要查出那六個人是誰？」

沈三娘道：「最主要的，當然是這件事。」

葉開道：「你沒有查出來？」

沈三娘道：「沒有。」

她目中又露出悲憤沉痛之色，黯然接著道：「所以這幾年我都是白活的。」

葉開看著她，道：「你只不過是白鳳夫人的丫環，但卻也爲了這段仇恨，付出了你這一生中最好的十年生命？」

沈三娘道：「因爲她一向對我很好，一向將我當做她的姐妹。」

葉開道：「沒有別的原因？」

沈三娘垂下頭，過了很久，才輕輕道：「這當然也因爲白大哥一向是我最崇拜的人。」

她忽又抬起頭，盯著葉開，道：「你好像一定要每件事都問個明白才甘心。」

葉開道：「我本來就是個喜歡刨根挖底的人。」

沈三娘眼睛裡的表情忽然變得奇怪，盯著他道：「所以你也常常喜歡躲在屋頂上偷聽別人說話。」

葉開笑了，道：「看來你好像也要將每件事都問得清清楚楚才甘心。」

沈三娘咬著嘴唇，道：「但那天晚上，屋子裡的女人並不是我。」

葉開看著她，眼睛裡的表情也變得很奇怪，過了很久，才慢慢的問道：「不是你是誰？」

沈三娘道：「是翠濃。」

葉開的眼睛突然亮了，直到現在他才明白，傅紅雪看著他要拉翠濃時，臉上爲什麼會露出憤怒之色。

沈三娘慢慢的爲他倒了杯酒，道：「所以那天晚上和你在一起的女人，就不是翠濃。」

葉開道：「不是翠濃是誰？」

沈三娘眼波忽然變得霧一樣的朦朧，緩緩地道：「隨便你要將誰當她都行，只要不是翠濃……」

葉開長嘆了一聲，道：「我明白了。」

沈三娘柔聲道：「謝謝你。」

葉開問道：「但我又有點不明白，你爲什麼要這樣做？」

沈三娘垂下頭，垂得很低，好像不願再讓葉開看到她臉上的表情。

又過了很久，她才嘆息著，黯然道：「爲了復仇，我做過很多不願做的事！」

葉開道：「也許每個人都做過一些他本來不願做的事。」

沈三娘道：「但這一次我卻不願再做。」

葉開眼睛裡充滿了同情，道：「你當然不是爲了自己。」

沈三娘道：「我的確是怕害了他，他和我這種女人本不該有任何關係，只不過……我也是爲了我自己。」

葉開道：「哦？」

沈三娘用力咬著嘴唇，道：「我已盡了我的力，現在我再也不願碰一碰我不喜歡的男人。」

廿 一醉解千愁

葉開舉杯飲盡，酒似已有些發苦。

他當然也了解一個女人被迫和她們憎惡的男人在一起時，是件多麼痛苦的事。

沈三娘忽然抬起頭來，掠了掠鬢邊的散髮，道：「我這一生中，從未有過我真正喜歡的男人，你信不信？」

她眼波朦朧，似已有了些酒意。

葉開輕輕嘆息，只能嘆息。

沈三娘道：「其實馬空群對我並不錯，他本該殺了我的。」

葉開道：「爲什麼？」

沈三娘道：「因爲他早已知道我是什麼人。」

葉開道：「可是他並沒有殺你。」

沈三娘點點頭，道：「所以我本該感激他的，但是我卻更恨他。」

她用力握緊酒杯，就好像已將這酒杯當做馬空群的咽喉。

樽已空。

葉開將自己杯中的酒，倒了一半給她。

然後她就將這杯酒喝了下去，喝得很慢，彷彿對這杯酒十分珍惜。

葉開凝視著她，緩緩道：「我想你現在一定永遠再也不願見到馬空群。」

沈三娘道：「我不能殺他，只有不見他。」

葉開柔聲道：「但你的確已盡了你的力。」

沈三娘垂著頭，凝視著手裡的酒杯，忽然道：「你知不知道我爲什麼要告訴你這些事？」

葉開笑了笑，道：「因爲我是個懂事的男人？」

沈三娘柔聲道：「你也是個很可愛的男人，若是我年輕，一定會勾引你。」

葉開凝視著她，道：「你現在也並不老。」

沈三娘也慢慢的抬起頭，凝視著他，嘴角又露出那動人的微笑，幽幽的說道：「就算還不老，也已經太遲了……」

她笑得雖美，卻彷彿帶著種無法形容的苦澀之意。

一種比甜還有韻味的苦澀之意。

一種淒涼的笑。

然後她就忽然站起來，轉過身，又取出一樽酒，帶著笑道：「所以現在我只想你陪我大醉一次。」

葉開輕輕嘆了口氣，道：「我也有很久未曾真的醉過。」

沈三娘：「可是在你還沒有喝醉以前，我還要你答應我一件事。」

葉開道：「你說。」

沈三娘說道：「你當然看得出傅紅雪是個怎麼樣的人。」

葉開點點頭，道：「我也很喜歡他。」

沈三娘道：「他的智慧很高，無論學什麼，都可以學得很好，但他卻又是個很脆弱的人，有時他雖然好像很堅強，其實卻只不過是在勉強控制著自己，那打擊若是再大一點，他就承受不起。」

葉開在聽著。

沈三娘道：「他殺公孫斷的時候，我也在旁邊，你永遠想不到他殺了人後有多麼痛苦，我也從未看過吐得那麼厲害的人。」

葉開道：「所以你怕他……」

沈三娘道：「我只怕他不能再忍受那種痛苦，只怕他會發瘋。」

葉開嘆道：「但他卻非殺人不可。」

沈三娘嘆了口氣，道：「可是我最擔心的，還是他的病。」

葉開皺眉道：「什麼病？」

沈三娘道：「一種很奇怪的病，在醫書上叫癲癇，也就是通常所說的羊癲瘋，只要這種病一發作，他立刻就不能控制自己。」

葉開面上也現出憂鬱之色，道：「我看過這種病發作的樣子。」

沈三娘道：「最可怕的是，誰也不知道他這種病要在什麼時候發作，連他自己都不知道，所以他心裡永遠有一種恐懼，所以他永遠都是緊張的，永遠不能放鬆自己。」

葉開苦笑道：「老天爲什麼要叫他這種人得這種病呢？」

沈三娘道：「幸好現在還沒有別人知道他有這種病，馬空群當然更不會知道。」

葉開道：「你能確定沒有別人知道。」

沈三娘道：「絕沒有。」

她的確很有信心，因爲她還不知道傅紅雪的病最近又發作過一次，而且偏偏是在馬芳鈴面前發作的。

葉開沉吟道：「他若緊張時，這種病發作的可能是不是就比較大？」

沈三娘道：「我想是的。」

葉開道：「他和馬空群交手時，當然一定會緊張得很。」

沈三娘嘆道：「我最怕的就是這件事，那時他的病若是突然發作……」

她嘴唇突然發抖，連話都已說不下去——非但不敢再說，連想都不敢去想。

葉開又替她倒了杯酒，道：「所以你希望我能在旁邊照顧著他。」

沈三娘道：「我並不只是希望，我是在求你。」

葉開道：「我知道。」

沈三娘道：「你答應？」

葉開的目光彷彿忽然又到了遠方，過了很久，才緩緩道：「我可以答應，只不過，現在我擔心的並不是這件事。」

沈三娘道：「你擔心的是什麼？」

葉開道：「你知不知道他回去還不到一個時辰，已有兩個人要殺他。」

沈三娘動容道：「是什麼人？」

葉開道：「你總該聽說過『斷腸針』杜婆婆，和『無骨蛇』西門春。」

沈三娘當然聽說過。

她臉色立刻變了，喃喃道：「奇怪，這兩人爲什麼要殺他？」

葉開道：「我奇怪的也不是這一點。」

沈三娘道：「你奇怪的又是什麼？」

葉開沉思著，道：「我剛說起他們很可能也在這地方，他們就立刻出現了。」

沈三娘道：「你是不是覺得他們出現得太快？太恰巧？」

葉開道：「不但出現太快，就彷彿生怕別人要查問他們的某種秘密，所以自己急著要死一樣。」

沈三娘道：「不是你殺了他們的？」

葉開笑了笑，道：「我至少並不急著要他們死。」

沈三娘道：「你認爲是有人要殺了他們滅口？」

葉開道：「也許還不止這樣簡單。」

沈三娘道：「你的意思我懂。」

葉開道：「也許死的那兩個人，並不是真的西門春和杜婆婆。」

沈三娘道：「你能不能說得再詳細些？」

葉開沉吟著，道：「他們當然是爲了一種很特別的理由，才會躲到這裡來的。」

沈三娘道：「不錯。」

葉開道：「他們躲了很多年，已認爲沒有人會知道他們的下落。」

沈三娘道：「本就沒有人知道他們的下落。」

葉開道：「但今天我卻忽然對人說，他們很可能就在這地方。」

沈三娘道：「你怎麼知道的？」

葉開又笑了笑，淡淡道：「我知道很多事。」

沈三娘嘆道：「也許你知道的已太多。」

葉開道：「我既然已說出他們很可能在這裡，自然就免不了有人要去找。」

沈三娘道：「他們怕的並不是別人，而是你，因爲他們想不通你怎會知道他們在這裡，也猜不透你還知道些什麼事。」

葉開道：「他們生怕自己的行蹤洩露，所以就故意安排了那兩個人出現，而且想法子讓我認爲這兩個人就是杜婆婆和西門春。」

沈三娘道：「想什麼法子？」

葉開道：「有很多法子，最簡單的一種，就是叫一個人用斷腸針去殺人。」

沈三娘道：「斷腸針是杜婆婆的獨門暗器，所以你當然就會認爲這人是杜婆婆。」

葉開道：「不錯。」

沈三娘道：「若要殺人，最好的對象當然就是傅紅雪。」

葉開道：「這也正是他們計劃中最巧妙的一點。」

沈三娘道：「那兩人若能殺了傅紅雪，當然很好，就算殺不了傅紅雪，也對他們這計劃沒有妨礙。」

葉開道：「對極了。」

沈三娘道：「等到他們出手之後，那真的杜婆婆和西門春就將他們殺了滅口，讓你認爲杜婆婆和西門春都已死了。」

葉開道：「誰也不會對一個死了的人有興趣，以後當然就絕不會有人再去找他們。」

沈三娘眨著眼，道：「只可惜有種人對死人也一樣有興趣的。」

葉開微笑道：「世上的確有這種人。」

沈三娘道：「所以他們只殺人滅口一定還不夠，一定還要毀屍滅跡。」

葉開嘆了口氣，道：「我常聽人說，漂亮的女人大多都沒有思想，看來這句話對你並不適用。」

沈三娘嫣然一笑，道：「有人說，會動腦筋的男人，通常都不會動嘴，看來這句話對你也不適用。」

葉開也笑了。

現在他們本不該笑的。

沈三娘道：「其實我也還有幾件事想不通。」

葉開道：「你說。」

沈三娘道：「死的若不是杜婆婆和西門春，他們是誰呢？」

葉開道：「我只知道其中有個人的武功相當不錯，絕不會是無名之輩。」

沈三娘道：「但你卻不知道他是誰。」

葉開道：「也許我以後會知道的。」

沈三娘看著他道：「只要你想知道的事，你就總是能知道！」

葉開笑道：「這也許只因爲我本就是個很有辦法的人。」

沈三娘道：「那麼你想必也該知道，杜婆婆和西門春是爲什麼躲到這裡來的。」

葉開道：「你說呢？」

沈三娘的表情忽然變得很嚴肅，一字字道：「那三十個刺客中活著的還有七個，也許我們現在已找出兩個來。」

葉開的表情也嚴肅起來，道：「這是件很嚴重的事，所以你最好不要太快下判斷。」

沈三娘慢慢的點了點頭，道：「我可不可以假定他們就是？」

葉開嘆了口氣，嘆氣有時也是種答覆。

沈三娘道：「他們若是還沒有死，當然一定還在這地方。」

葉開道：「不錯。」

沈三娘道：「這地方的人並不多。」

葉開道：「也不太少。」

沈三娘道：「以你看，什麼人最可能是西門春？什麼人最可能是杜婆婆？」

葉開道：「我說過，這種事無論誰都不能太快下判斷。」

沈三娘道：「但只要他們還沒有死，就一定還在這地方。」

葉開道：「不錯。」

沈三娘道：「他們既然可以隨時找兩個人來做替死鬼，這地方想必一定還有他們的手下。」

葉開道：「不錯。」

沈三娘道：「這些人隨時隨地都可能出現，來暗算傅紅雪？」

葉開嘆息著點了點頭。

沈三娘道：「你所擔心的，也正是這一點？」

葉開沉吟著，道：「以他的武功，這些人當然不是他的對手。」

沈三娘也點了點頭。

葉開道：「他既然是魔教中大公主的獨生子，旁門雜學會的自然也不少。」

沈三娘道：「實在不少。」

葉開道：「但他卻缺少一樣事。」

沈三娘道：「哪樣事？」

葉開道：「經驗。」

他慢慢的接著道：「在他這種情況中，這正是最重要的一件事，卻又偏偏是誰也沒法子教他的。」

沈三娘道：「所以……」

葉開道：「所以你應該去告訴他，真正危險的地方並不是萬馬堂，真正的危險就在這小鎮上，而且是他看不見，也想不到的。」

沈三娘沉思著，道：「你認爲馬空群早已在鎮上佈好了埋伏？」

葉開道：「你說過，他是個很謹慎的人。」

沈三娘道：「他的確是。」

葉開道：「可是現在他身邊卻已沒有一個肯爲他拚命的人。」

沈三娘道：「公孫斷的死，對他本就是個很大的打擊。」

葉開道：「一個像他這麼謹慎的人，對自己一定保護得很好，公孫斷就算是他最忠誠的朋友，他也絕不會想要倚靠公孫斷來保護他。」

沈三娘冷冷道：「公孫斷本就不是個可靠的人。」

葉開道：「他當然比你更了解公孫斷。」

沈三娘道：「所以你認爲他一定早已另有佈置？」

葉開笑了笑，道：「他若非早已有了對付傅紅雪的把握，現在怎麼會還留在這裡。」

沈三娘道：「難道你認爲傅紅雪已完全沒有復仇的機會？」

葉開道：「假如他只想殺馬空群一個人，也許還有機會。」

沈三娘道：「假如他還想找出那六個人呢？」

葉開道：「那就很難了。」

沈三娘凝視著他，忽然嘆了口氣，道：「你究竟是在替我們擔心？還是爲馬空群來警告我們的？現在我已漸漸分不清了。」

葉開淡淡道：「你真的分不清？」

沈三娘道：「你雖然說出了很多秘密，但仔細一想，這些秘密我們卻連一點用都沒有。」

葉開道：「哦？」

沈三娘道：「我若真的將這些話告訴傅紅雪，他只有更緊張，更擔心，更容易遭人暗算。」

葉開道：「你可以不告訴他。」

沈三娘盯著他的眼睛，像是想從他眼睛裡看出他心裡的秘密。

可是她什麼也沒有看見。

她忍不住又長嘆了一聲，道：「現在我只想知道，你究竟是什麼人？」

葉開又笑了，淡淡道：「問我這句話的人，你已不是第一個。」

沈三娘道：「從來沒有人知道你的來歷？」

葉開道：「那只因連我自己都忘了。」

他舉起酒杯，微笑道：「現在我只記得，我答應過要陪你大醉一次的。」

沈三娘眼波流動，道：「你真的想喝醉？」

葉開笑得彷彿有些傷感，緩緩道：「我不醉又能怎麼樣呢？」

於是葉開醉了，沈三娘也醉了。

他醒來的時候，卻已剩下他自己一個人。

空樽下壓著張素箋，是她留下來的。

箋上只有一行字，是用胭脂寫的，紅得就像是血：「夜晚在這裡陪你喝酒的女人也不是我。」

樽旁還有胭脂。

於是葉開又加了幾個字：「昨夜我根本就不在這裡。」

不醉又能怎麼樣呢？還是醉了的好。

凌晨。

輕煙般的晨霧剛剛從長草間升起，東方的穹蒼是淡青色的，其餘的部份帶著神秘的銀灰色。

長草碧綠。

葉開走出來，長長吸了口氣，空氣新鮮而潮濕。

草原尚未甦醒，看不見人，也聽不見聲音，一種奇妙的和平寧靜，正籠罩著大地。

馬芳鈴現在想必還在沉睡，年輕人很少會連續失眠兩個晚上的。

他們的憂鬱通常總是無法抗拒他們的睡意。

老年人就不同了。

葉開相信馬空群是絕對睡不著的。

像他這種年紀的人，經過這麼多事之後，能睡著除非是奇蹟。

他在幹什麼？

是在悲悼著他的伙伴？還是在爲自己憂慮？

蕭別離現在想必也該回到他的小樓上，也許正在喝他臨睡前最後的一杯酒。

丁求是不是也在那裡陪他喝？

傅紅雪呢？

他是不是找得著能容他安歇一夜的地方？

最讓葉開惦記的，也許還是沈三娘。

他實在想不出她還有什麼地方可去，但卻相信像她這樣的女人，無論在什麼情況下，總會有地方可去的。

除非她已迷失了自己。

也不知從哪裡飛來一隻禿鷹，在銀灰色的穹蒼下盤旋著。

牠看來疲倦而飢餓。

葉開抬起頭，看著牠，目中帶著深思之色，喃喃道：「你若想找死人，就來錯地方了，這裡既沒有死人，我也還沒有死。」

他眨眨眼，忽然笑了笑，道：「要找死人，就得到有棺材的地方，是不是？」

鷹低唳，彷彿在問他：「棺材呢？棺材呢？……」

廿一 無鞘之劍

火熄了。

李馬虎的雜貨店，已燒成一片焦土，隔壁那「專賣豬牛羊三獸」的屠戶和那小麵館，災情也同樣慘重。

那條窄巷裡的木屋，也燒得差不多了。

一些被搶救出來的零星傢俱，還雜亂的堆在路旁，幾隻破水桶正隨風滾動著，也不知它們的主人到底是誰？

焦木還是濕淋淋的，火勢顯然剛滅不久，甚至連風中都帶著焦味。

邊城中的人本來起得很早，現在街上卻看不見人影，想必是因爲昨夜救火勞累，現在正蒙頭大睡。

本已荒僻的小鎮，看來更淒涼悲慘。

葉開慢慢的走上這條街，心裡忽然覺得有種負罪的感覺。

無論如何，若不是他，這場火就不會燒起來，他本該提著水桶來救火的。

但昨天晚上，他提著的卻是酒壺。

這一場大火後，鎮上有多少人將無家可歸？

葉開長長嘆息了一聲，不禁想起了那小麵館的老闆張老實。

張老實真的是個老實人，他不但是這小麵館的老闆，也是廚子和伙計，所以一年到頭，身上總是圍著塊油膩膩的圍裙，從早上一直忙到天黑，賺來的卻連個老婆都養不起。

但他還是整天笑嘻嘻的，你就算只去吃他一碗三文錢的陽春麵，他還是拿你當財神爺一樣照顧。

所以他煮的麵就算像漿糊，也從來沒有人埋怨過半句。

現在麵館已燒成平地，這可憐的老實人以後怎麼辦呢？

隔壁殺豬的丁老四，雖然也是個光棍，情況卻比他好多了。

丁老四還可以到蕭別離的店裡去喝幾杯，有時甚至還可以在那裡睡一覺。

再過去那家棉花行，居然沒有被燒到，竟連外面掛著的那「精彈棉花，外賣雕漆器皿」的大招牌，也還是完整無缺的。

「清水錦綢細緞、工夫作針。」

「精製紈扇、雨具、自捍伏天毯被。」

除了蕭別離外，鎮上就數這三家店最殷實，就算被火燒一燒也沒關係。

但他們卻偏偏全都沒有被燒到。

葉開苦笑著，正想找個人去問問張老實他們的消息，想不到卻先有人來找他了。

窄門上的燈籠，居然還是亮著的。

一個人突然從裡面伸出半個身子來，不停的向葉開招手。

這人白白的臉，臉上好像都帶著微笑，正是那綢緞行的老闆福州人陳大倌。

鎮上沒有人比他更會做生意，也沒有人比他更不得人緣了。

葉開認得他。

這地方只要是開門做生意的人，葉開已差不多認得。

他認爲沒事的時候找這些人聊聊，總會有些意想不到的收穫。

他現在就想不出陳大倌找他幹什麼？

但他還是走了過去，臉上又故意作出微笑，還沒有開口問他，陳大倌的頭已縮了回去。

門卻開了。

葉開只好走進去，忽然發現他認得的人竟幾乎全在這地方，蕭別離反而偏偏不在。

除了陳大倌外，每個人的臉色都很沉重，面前的桌子上既沒有菜，也沒有酒。

他們顯然不是請葉開來喝酒的。

天色還沒有大亮，屋裡也沒有燃燈，這些人一個個鐵青著臉，瞪著一雙雙睡眠不足的眼睛，態度一點也不友善。

「難道他們已知道那場火是我惹出來的？」

葉開微笑著，幾乎忍不住想要問問他們，是不是想找他來算帳的？

他們的確要找人算帳，只不過要找的並不是他，是傅紅雪。

「自從這姓傅的一來，災禍也跟著來了。」

「他不但殺了人，而且還要放火。」

「火起之前，有個人親眼看見他去找李馬虎的。」

「他到這裡來，爲的好像就是要給我們罪受。」

「他若不走，我們簡直活不下去。」

說話的人除了陳大倌和棉花行的宋老闆外，就是丁老四和張老實，這一向不大說話的老實人，今天居然也開了口。

每個人提起傅紅雪，都咬牙切齒的，好像恨不得咬下他一塊肉。

葉開靜靜的聽著，等他們說完了，才淡淡問道：「各位準備對他怎麼樣？」

陳大倌嘆了口氣，接著說道：「我們本來準備請他走的，但他既然來了，當然不肯就這樣一走了之，所以……」

葉開道：「所以怎麼樣？」

張老實搶著道：「他既然要我們活不下去，我們也要他活不下去。」

丁老四一拳重重的打在桌上，大聲道：「我們雖然都是安份守己的良民，但惹急了我們，我們也不是好惹的。」

宋老闆捧著水煙袋，搖著頭道：「狗急了也會跳牆，何況人呢？」

葉開慢慢的點了點頭，好像覺得他們說的話都很有道理。

陳大倌又嘆了口氣，道：「我們雖然想對付他，只可惜心有餘而力不足。」

宋老闆嘆了口氣，道：「像我們這種老實人，當然沒法子和殺人的兇手去拚命。」

陳大倌道：「幸好我們總算還認得幾個有本事的朋友。」

葉開道：「你說的是三老闆？」

陳大倌道：「三老闆是有身分的人，我們怎敢去驚動他？」

葉開皺了皺眉，道：「除了三老闆外，我倒想不出還有誰是有本事的人了。」

陳大倌道：「是個叫小路的年輕人。」

葉開道：「小路？」

陳大倌道：「這人雖年輕，但據說已是江湖中第一流的劍客。」

宋老闆悠然道：「據說他在去年一年裡，就殺了三四十個人，而且殺的也都是武林高手。」

張老實咬著牙，道：「像他這種殺人的兇手，就得找個同樣的人來對付他。」

陳大倌道：「這就叫以眼還眼，以牙還牙。」

葉開沉吟著，忽然問道：「你們說的小路，是不是道路的路？」

陳大倌道：「不錯。」

葉開道：「是不是路小佳？」

陳大倌道：「就是他。」

宋老闆慢慢的吐出口氣道：「葉公子莫非也認得他？」

葉開笑了，道：「我聽說過，聽說他的劍又狠又快。」

宋老闆也笑了，道：「這兩年來，江湖中沒有聽說過他的人，只怕不多。」

葉開道：「的確不多。」

宋老闆道：「聽說連崑崙山的神龍四劍和點蒼的掌門人都已敗在他的劍下。」

葉開點點頭，說道：「宋老闆好像對他的事熟悉得很。」

宋老闆又笑了笑，悠然道：「好教葉公子得知，這位了不起的年輕人，就是我一門遠親的大少爺。」

葉開道：「他來了？」

宋老闆道：「總算他還沒有忘記我這個窮親戚，前兩天才託人帶了信來，所以，我才知道他就在這附近。」

丁老四搶著道：「所以昨天晚上我們已找人連夜趕去談了。」

宋老闆道：「若是沒有意外，今天日落之前，他想必就能趕到這裡。」

張老實捏緊拳，恨聲道：「那時我們就得要傳紅雪的好看了。」

葉開聽著，忽又笑了笑，道：「這件事各位既已決定，又何必告訴我？」

陳大倌笑道：「葉公子是個明白人，我們一向將葉公子當做自己的朋友。」

他好像生怕葉開開口說出難聽的話，所以趕緊又接著解釋道：「但我們也知道葉公子對那姓傅的一向不錯。」

葉開道：「你們是不是怕我又來多管閒事？」

陳大倌道：「我們只希望葉公子這次莫要再照顧他就是。」

張老實道：「我是個老實人，只會說老實話。」

葉開道：「你說。」

張老實道：「你最好能幫我們的忙殺了他，你若不幫我們，至少也不能幫他，否則……」

葉開道：「否則怎麼樣？」

張老實站起來，大聲道：「否則我就算打不過你，也要跟你拚命。」

葉開大笑，道：「好，果然是老實話，我喜歡聽老實話。」

張老實大喜道：「你肯幫我們？」

葉開道：「我至少不幫他。」

陳大倌鬆了口氣，陪笑道：「那我們就已感激不盡了。」

葉開道：「我只希望路小佳來的時候，你們能讓我知道。」

陳大倌道：「當然。」

葉開嘆息著，喃喃道：「我實在早就想看看這個人了，還有他那柄劍……」

突聽一人道：「據說他那柄劍也很少給人看的。」

這是蕭別離的聲音。

他的人還在樓梯上，聲音已先傳了下來。

葉開抬起頭，笑了笑，道：「他的劍是不是也和傅紅雪的刀一樣？」

蕭別離也在微笑著，道：「只有一點不同。」

葉開道：「哪一點？」

蕭別離道：「傅紅雪的刀還殺三種人，他的劍卻只殺一種。」

葉開道：「只殺哪種人？」

蕭別離道：「活人！」

他慢慢的走下樓，蒼白的臉上帶著種慘淡的笑容，接著道：「他和傅紅雪不同，在他看來，世上只有兩種人，活人和死人。」

葉開道：「只要是活人他都殺？」

蕭別離嘆了口氣，道：「至少我還未聽說他劍下有過活口。」

葉開也嘆了口氣，道：「現在，我只想知道一件事了。」

蕭別離道：「什麼事？」

葉開說道：「不知道是他的劍快?還是傅紅雪的刀快？」

這件事也正是每個人都想知道的。

陽光已升起。

鎮上的地保趙大，正在指揮著他手下的幾個兄弟清理火場。

屋子裡的人都已走出來，站在屋簷下看著，發表著議論。

蕭別離和葉開卻還留在屋子裡。

葉開從窗口看著外面的人，微笑道：「想不到趙大做事倒很賣力。」

蕭別離道：「他當然應該賣力。」

葉開道：「哦。」

蕭別離道：「鎮上人人都知道李馬虎並不馬虎，他幹了十來年，據說已存下上千兩的銀子。」

葉開沉吟著，道：「銀子是燒不化的。」

蕭別離道：「他也沒有後人。」

葉開道：「所以只要能找得出那些銀子來，就是地保的。」

蕭別離笑道：「難怪他們都說你是個明白人。」

葉開道：「他們說的話你全都聽見了？」

蕭別離嘆道：「這些人說起話來，好像就生怕別人聽不見。」

葉開道：「這就難怪你睡不著了，我本來還以爲有人陪你在樓上喝酒哩。」

蕭別離目光閃動，道：「你以爲是丁求？」

葉開笑了笑，拉開張椅子坐下去。

蕭別離道：「你想找他？」

葉開道：「說老實話，我真正想要找的人就是傅紅雪。」

蕭別離道：「你不知道他在哪裡？」

葉開道：「你知道？」

蕭別離想了想，道：「他當然不會離開這地方。」

葉開笑道：「只怕連鞭子都趕不走。」

蕭別離道：「但他在這裡卻已很難再找得到歡迎他的人。」

葉開道：「看來的確不容易。」

蕭別離沉吟著，緩緩道：「只不過有些地方既沒有主人，門也從來不關的。」

葉開道：「譬如說哪些地方？」

蕭別離道：「譬如說，關帝廟……」

葉開的眼睛跟著亮了，忽然站起來，道：「我最佩服的人就是這位關夫子，早該到他廟裡去燒幾根香了。」

蕭別離笑道：「最好少燒幾根，莫要燒著了房子。」

葉開也笑了笑，道：「幸好關夫子一向不開口的，否則很有這種可能。」

燒焦了的屍骨已清理出來，銀子卻還沒有消息。

趙大已歇下來，正用大碗在喝著水，大聲的吆喝著，叫他手下的弟兄別偷懶。

銀子若找出來，大家全有一份的。

葉開走過去，站在他旁邊看著，忽然悄悄道：「聽說有些人總是喜歡將銀子埋在鋪底下的。」

趙大精神爲之一震，道：「對，我早該想到這種地方了。」

他好像這才發覺說話的人是葉開，立刻又回頭笑道：「若是找到了，葉公子你在這地方的酒帳，全算我趙大的。」

葉開道：「那倒不必，我只希望你能照顧照顧這個死人，替他們弄兩口薄皮棺材。」

趙大道：「棺材是現成的，而且用不著花錢買。」

葉開道：「哦，這裡居然有不要錢的棺材，我倒從未聽說過。」

趙大笑道：「公子你莫非忘了，前天豈非有人送了好幾副棺材來。」

葉開眼睛又亮了，卻又問道：「棺材豈非是要送到萬馬堂的？」

趙大悄悄道：「這兩天三老闆正在走楣運，誰敢把棺材往那裡送？」

葉開道：「棺材呢？」

趙大道：「本來就堆在後面的空地上，昨天起火的時候，我才叫人移到關帝廟去了，只便宜了這兩天死的人，每人都可以落一口。」

葉開笑道：「看來這兩天死在這裡的人，倒真是死對了地方。」

趙大卻嘆了口氣，道：「但沒死的人待在這種窮地方，卻真是活受罪。」

葉開道：「誰說這地方窮，說不定那邊就有上千兩的銀子在等著你去拿哩。」

趙大大笑，道：「多謝公子吉言，我這就去拿。」

他捲起衣袖，趕過去，忽又回過頭，道：「公子你若在這裡有什麼三長兩短，我趙大一定選口最好的棺材給你。」

葉開看著他走開了，也不知是好氣還是好笑，過了很久，才苦笑著，喃喃道：「看你這小子倒真他媽的夠朋友。」

這條街雖然是這地方的精華，這地方卻當然不止這麼樣一條街！

走出這條街往左轉，屋子就更簡陋破爛，在這裡住的不是牧羊人，就是趕車洗馬的，那幾個大老闆店裡的伙計，也住在這裡。

一個大肚子的婦人，正蹲在那裡起火。

她的背上揹著個孩子，旁邊還站著三個，一個個都是面有菜色，她自己看來卻更憔悴蒼老得像是老太婆。

葉開暗中嘆了口氣——爲什麼愈窮的人家，孩子偏偏愈多呢？

是不是因爲他們沒錢在晚上點燈，也沒別的事做？

無論如何，人愈窮，孩子愈多，孩子愈多，人就更窮，這好像已成了條不變的定律。

葉開忽然覺得這是一個很嚴重的問題，卻又想不出什麼方法來讓別人少生幾個孩子。

但他相信，這問題以後總有法子解決的。

再往前面走不多遠，就可以看到那間破落的關帝廟了。

廟裡的香火並不旺，連關帝老爺神像上的金漆都已剝落。

大門也快塌了，棺材就堆在院子裡，院子並不大，所以棺材只能疊起來放。

廟裡的神案倒還是完整的，若有個人睡上去，保證不會垮下來。

因爲現在就有個人睡在上面。

一個臉色蒼白的人，手裡緊緊的握著一柄漆黑的刀，一雙發亮的眼睛，正在瞪著葉開。

葉開笑了。

傅紅雪卻沒有笑，冷冷的瞪著他，道：「我說過，你走你的路，我走我的。」

葉開道：「我聽你說過。」

傅紅雪道：「你爲什麼又來找我？」

葉開道：「誰說我是來找你的？」

傅紅雪道：「我。」

葉開又笑了。

傅紅雪道：「這地方只有兩個人，一個活人，一個木頭人，你來找的總不會是木頭人。」

葉開道：「你說的是關夫子？」

傅紅雪道：「我只知道他是個木頭人。」

葉開嘆了口氣，道：「我知道你從來不會尊敬別人，但至少總該對他尊敬的。」

傅紅雪道：「爲什麼？」

葉開道：「因爲……因爲他已成神。」

傅紅雪冷笑道：「他是你的神，不是我的。」

葉開道：「你從不信神。」

傅紅雪道：「我信的不是這種人，也想不出他做過什麼值得我尊敬的事。」

葉開道：「他至少沒有被曹操收買，至少沒有出賣朋友。」

傅紅雪道：「沒有出賣朋友的人很多。」

葉開道：「但你總該知道……」

傅紅雪打斷了他的話，冷冷道：「我只知道若不是他的狂妄自大，蜀漢就不會亡得那麼快。」

葉開嘆了口氣，道：「我也知道你爲什麼不尊敬他了。」

傅紅雪道：「哦？」

葉開道：「因爲別人都尊敬他，你無論做什麼事，都一定要跟別人不同。」

傅紅雪忽然翻身掠起，慢慢的走了出去。

葉開道：「你這就走？」

傅紅雪冷冷地道：「這裡的俗氣太重，我實在受不了。」

葉開嘆道：「一個人若要活在這世上，有時就得俗一點的。」

傅紅雪道：「那是你的想法，隨便你怎麼想，都跟我沒關係。」

葉開道：「你怎麼想？」

傅紅雪道：「那也跟你沒關係。」

葉開道：「難道你不準備在這世界上活下去？」

傅紅雪道：「我根本就沒有在你這世界上活過。」

他沒有回頭。

葉開看不見他的臉，卻看見他握刀的手突然握得更緊。

只可惜無論他如何用力，也握不碎心裡的痛苦。

葉開看著他，緩緩道：「無論你怎麼想，總有一天，你還是會回到這世界上來的，因爲你還是要活下去，而且非活下去不可。」

傅紅雪似已聽不見這些話，他左腳先邁出一步，僵直的右腿才跟著拖過去。

葉開看著他的眼，目中忽又露出了憂慮之色。

縱然他的刀能比路小佳的劍快，但是這條腿……

傅紅雪已走出了院子。

葉開並沒有留他，也沒有提起路小佳的事。

路小佳至少還有兩三個時辰才能來，他不願讓傅紅雪從現在一直緊張到日落時。

他到這裡來，本來就不是爲了警告傅紅雪。

他爲的是院子裡的棺材。

棺材本來是全新的，漆得很亮，現在卻已被碰壞了很多地方，有些甚至已經被燒焦。

若不是趙大突然心血來潮，這些棺材只怕也已被那一把火燒光。

也許那放火的人本就打算將這些棺材燒了的。

葉開撿了一大把石子，坐在石階上，將石子一粒粒往棺材上擲過去。

石子打中棺材，就發出「咚」的一響。

這棺材是空的。

但等到他擲出的第八粒石子打在棺材上時，聲音卻變了。

這口棺材竟好像不是空的。

棺材裡有什麼？

空棺材固然比較多，不空的棺材居然也有好幾口。

葉開臉上帶著種很奇怪的表情，竟走過去將這幾口棺材搬出來。

他爲什麼突然對空棺材發生了興趣？

打開棺蓋，裡面果然不是空的。

棺材裡竟有個死人。

除了死人，棺材裡還會有什麼？

棺材裡有死人，本不是件奇怪的事。

但這死人竟赫然是剛才還在跟他說話的張老實。

他靜靜的躺在棺材裡，身上那塊油圍裙總算已被脫了下來。

這辛苦了一輩子的老實人，現在總算已安息了。

但他剛才明明還在鎮上，身上明明還繫著那塊油圍裙，現在怎麼已躺在棺材裡。

更奇怪的是，陳大倌、丁老四、宋老闆和街頭糧食行的胡掌櫃，居然也都在棺材裡。

這些人剛才明明也都在鎮上的，怎麼會忽然都死在這裡？

是什麼時候死的？

摸摸他們的胸口，每個人都已冰冷僵硬，至少已死了十個時辰。

他們都已死了十來個時辰。

他們若已死了十來個時辰，剛才在鎮上和葉開說話的那些人又是誰呢？

葉開看著這些屍身，臉上居然也沒有驚奇之色，反而笑了，竟似對自己覺得很滿意。

難道這件事本就在他意料之中？

人既然死了，當然有致命的原因。

葉開將這些人的致命傷痕，很仔細的檢查了一遍，忽然將他們全都從棺材裡拖了出來，藏到廟後的深草中。

然後他就將這幾口棺材，又擺回原來的地方。

他自己卻還是不肯走，居然掠上屋脊，藏在屋脊後等著。

他在等誰？

他並沒有等多久，就看到一騎馬自草原上急馳而來，馬上人衣衫華麗，背後駝峰高聳，竟是「金背駝龍」丁求。

丁求當然沒有看見他，急馳到廟前，忽然自鞍上掠起，掠上牆頭。

棺材仍還好好的放在院子裡，並不像被人動過的樣子。

丁求四下看了一眼，附近也沒有人影。

這正是放火的好機會。

於是他就開始放火。

放火也需要技巧的，他在這方面竟是老手，火一燃起，就燒得很快。

將這些棺材帶來的人是他，將這些棺材燒了的人也是他。

他爲什麼要辛辛苦苦將這些棺材帶來，又放火燒了呢？

太陽已升得很高了，但距離日落卻還有段時候。

葉開已回到鎮上來。

他不能不回來，他忽然發覺自己餓得簡直可以吞下一匹馬。

關帝廟的火已燒了很久，現在火頭已小，猶在冒著濃煙。

「關帝廟的火怎麼會燒起來的？」

「一定又是那跛子放的火。」

「有人親眼看見他睡在廟裡的神案上。」

一堆人圍在火場前議論紛紛，其中赫然又有陳大倌、丁老四和張老實。

葉開卻一點也沒有覺得奇怪，好像早已算準會在這裡看到他們。

但他卻沒有想到會看見馬芳鈴。

馬芳鈴也看見了他，臉上立刻露出很奇怪的表情，似乎正在考慮，不知道是不是應該跟他打招呼。

葉開卻已向她走了過去，微笑著道：「你好。」

馬芳鈴咬著嘴唇，道：「不好。」

她今天穿的不是一身紅，是一身白，臉色也是蒼白的，看來竟似瘦了很多。

難道她竟連著失眠了兩個晚上？

葉開眨了眨眼，又問道：「三老闆呢？」

馬芳鈴瞪著眼，道：「你問他幹什麼？」

葉開道：「我只不過問問而已。」

馬芳鈴道：「用不著你問。」

葉開嘆了口氣，苦笑道：「那麼我就不問。」

馬芳鈴卻還是瞪著眼，道：「我倒要問問你，你剛才到哪裡去了？」

葉開又笑了，道：「我既然不能問你，你爲什麼要問我？」

馬芳鈴道：「我高興。」

葉開淡淡道：「我也很想告訴你，只可惜男人做的事，有些是不便在女人面前說的。」

馬芳鈴咬了咬嘴唇，恨恨道：「原來你做的都是些見不得人的事。」

葉開道：「幸好我還不會放火。」

馬芳鈴道：「放火的是誰？」

葉開道：「你猜呢？」

馬芳鈴道：「你看見那姓傅的沒有？」

葉開道：「當然看見過。」

馬芳鈴道：「幾時看見的？」

葉開道：「好像是昨天。」

馬芳鈴瞪著他，狠狠地跺了跺腳，蒼白的臉已氣紅了。

陳大倌想了想，忽然道：「不知他會不會去找三老闆……」

馬芳鈴冷笑道：「他找不著的。」

陳大倌道：「爲什麼？」

馬芳鈴道：「因爲連我都找不著。」

三老闆怎麼會忽然不見了呢？到哪裡去了？

有人正想問，但就在這時，已有一陣馬蹄聲響起，打斷了他們的話。

一匹油光水滑，黑得發亮的烏騅馬，自鎮外急馳而來。

馬上端坐個鐵塔般的大漢，光頭、赤膊黑緞繡金花的燈籠褲，倒趕千層浪的綁腿，搬尖大洒鞋，一雙手沒有提韁，卻抱著根海碗粗的旗桿。

四丈多高的旗桿上，竟還站著個人。

一個穿著大紅衣裳的人，背負著雙手，站在桿頭，馬跑得正急，他的人卻紋風不動，竟似比站在平地上還穩些。

葉開只抬頭看了一眼，就忍不住嘆了口氣，喃喃道：「他來得倒真早。」

烏騅已急馳入鎮，每個人都不禁仰起了頭去看，顯得又是驚奇，又是歡喜。

每個人都已猜出來的人是誰了。

突然間，健馬長嘶，已停下了腳。

紅衣人還是背負著雙手，紋風不動的站在長竿上，仰著臉道：「到了麼？」

光頭大漢立刻道：「到了。」

紅衣人道：「有沒有出來迎接咱們？」

光頭大漢道：「好像有幾個。」

紅衣人道：「都是些什麼樣的人？」

光頭大漢道：「看起來倒都還像個人。」

紅衣人這才點了點頭，喃喃道：「今天的天氣真不錯，倒真是殺人的天氣。」

葉開笑了，微笑著道：「只可惜在那上面只能殺幾隻小鳥，人是殺不到的。」

紅衣人立刻低下頭，瞪著他。

從下面看上去，也可以看得出他是個很漂亮的年輕人，一雙眸子更亮如點漆。

他高高在上，瞪著葉開，厲聲道：「你剛才在跟誰說話？」

葉開道：「你。」

紅衣人道：「你知道我是什麼人？」

葉開道：「莫非你就是殺人不眨眼的路小佳？」

紅衣人冷笑道：「總算你還有些眼力。」
葉開笑道：「過獎。」
紅衣人道：「你是什麼人？」
葉開道：「我姓葉。」
紅衣人道：「他們請我到這裡來殺的人，是不是就是你？」
葉開道：「好像不是。」
紅衣人嘆了口氣，冷冷道：「可惜。」
葉開也嘆了口氣，道：「實在可惜。」
紅衣人道：「你也覺得可惜？」
葉開道：「有一點。」
紅衣人道：「我殺了那人後，再來殺你好不好？」
葉開道：「好極了。」
他居然好像覺得很愉快的樣子。
紅衣人仰起臉，冷冷道：「誰說他看起來像個人的，真是瞎了眼睛。」
光頭大漢道：「是，奴才是瞎了眼睛。」
紅衣人道：「這裡是不是有個姓陳的？」
陳大倌立刻搶身道：「就是在下。」

紅衣人道：「你找我來殺的人呢？」

陳大倌陪笑道：「路大俠來得太早了些，那人還沒有到。」

紅衣人沉下了臉，道：「去叫他來，讓我快點殺了他，我沒空在這裡等。」

聽他說話的口氣，就好像能死在他手裡本是件很榮幸的事，所以早就該等在這裡挨宰。

連陳大倌聽了都似也覺得有些哭笑不得，又陪著笑道：「路大俠既然來了，爲何不先下來坐坐？」

紅衣人冷冷道：「這上面涼快……」

一句話未說完，突聽「咔嚓」一聲，海碗般粗的旗桿，竟突然斷了。

紅衣人雙臂一振，看來就像是隻長著翅膀的紅蝙蝠，盤旋著落下。

每個人的眼睛都已看直了，馬芳鈴突然拍手道：「好輕功……」

她剛說完這三個字，就發現紅衣人已落在她面前，瞪大了一雙眼睛看著她，冷冷的道：「你又是什麼人？」

他的眼睛又黑又亮。

馬芳鈴的臉卻似已有些發紅，垂下頭道：「我……我姓馬。」

又是「砰」的一聲，斷了的半截旗桿，這時才落下來，打在屋脊上，再掉下來眼看就要打中好幾個人的頭。

誰知那大漢竟竄過來，用光頭在旗桿上一撞，竟將這段旗竿撞出去四五丈，遠遠拋在屋脊後。

馬芳鈴又忍不住嫣然一笑，道：「這個人的頭好硬啊。」

紅衣人道：「你的頭最好也跟他一樣硬。」

馬芳鈴眨了眨眼，道：「爲什麼？」

紅衣人道：「因爲還有那半截旗桿，馬上就要敲到你頭上來了。」

馬芳鈴怔住。

紅衣人沉著臉道：「這旗桿怎麼會忽然斷了的？難道不是你攪的鬼？我一看見你，就知道你不是什麼好東西。」

馬芳鈴的臉又通紅，這次是氣紅的，她手裡還提著馬鞭，忽然一鞭向紅衣人抽了過去。

誰知紅衣人一伸手，就將鞭梢抓住，冷笑道：「好呀，你膽子倒真不小，竟敢跟我動手。」

他的手往後一帶，馬芳鈴就身不由主向這邊跌了過來，剛想伸手去摑他的臉，但這隻手一伸出來，也被他抓住。

馬芳鈴連脖子都已漲紅，咬著牙道：「你……你放不放開我？」

紅衣人道：「不放。」

馬芳鈴道：「你想怎麼樣？」

紅衣人道：「先跪下來跟我磕三個頭，在地上再爬兩圈，我就饒了你！」

馬芳鈴叫了起來，道：「你休想！」

紅衣人道：「那麼你也休想要我放了你。」

馬芳鈴咬著牙，跺腳道：「姓葉的，你……你難道是個死人？」

葉開嘆了口氣，悠悠道：「這裡的確有個死人，但卻不是我。」

馬芳鈴恨恨道：「不是你是誰？」

葉開笑了笑，卻抬起了頭，看著對面的屋脊道：「旗桿明明是你打斷的，你何苦要別人替你受罪。」

大家都忍不住跟著他看了過去，屋頂上空空的，連個鬼影子都沒有。

但屋簷後卻忽然有樣東西拋了出來，「噗」的掉落地上，竟是個花生殼。

過了半晌，又有樣東西拋出來，卻是個風乾了的桂圓皮。

紅衣人的臉色竟似變了，咬著牙道：「好像那個鬼也來了。」

光頭大漢點點頭，突然大喝一聲，跳起七尺高，掄起了手裡的半截旗桿，向屋簷上撲了下去。

只聽風聲虎虎，整棟房子都像是要被打垮。

誰知屋簷後突然飛出道淡青色的光芒，只一閃，旗桿竟又斷了一截。

光頭大漢一下子打空，整個人都栽了下來，重重的摔在地上。

那截被削斷了的旗桿，卻突然彈起，再落下。

屋簷下又有青光閃了閃。

一截三尺多長的旗桿，竟然又變成了七八段，一片片落了下來。

每個人的眼睛都看直了。

葉開又嘆了口氣，喃喃道：「好快的劍，果然名不虛傳。」

紅衣人卻用力跺了跺腳，恨恨道：「你既然來了，爲什麼還不下來？」

屋簷後有個人淡淡道：「這上面涼快。」

紅衣人跳起來，大聲道：「你爲什麼總是要跟我作對？」

這人道：「你爲什麼總是要跟別人作對？」

紅衣人道：「我跟誰作對？」

這人道：「你明明知道旗桿不是這位馬姑娘打斷的，爲什麼要找她麻煩？」

紅衣人道：「我高興。」

葉開笑了。

馬芳鈴本來已經夠不講理了，誰知竟遇著個比她更不講理的。

紅衣人大聲道：「我就是看她不順眼，跟你又有什麼關係？你爲什麼要幫她說話，我受了別人氣時，你爲什麼從來不幫我？」

這人道：「你是誰？」

紅衣人道：「我……我……」

這人道：「殺人不眨眼的路小佳，幾時受過別人氣的？」

紅衣人居然垂下了頭，道：「誰說我是路小佳？」

這人道：「不是你說的？」

紅衣人道：「是那個人說的，又不是我。」

這人道：「你不是路小佳，誰是路小佳？」

紅衣人道：「你。」

這人道：「既然我是路小佳，你爲什麼要冒充？」

紅衣人忽又叫起來，道：「因爲我喜歡你，我想來找你。」

這句話說出來，大家又怔住，一個個全都睜大了眼睛，看著他。

紅衣人道：「你們看著我幹什麼，難道我就不能喜歡他？」

他突然將束在頭上的紅巾用力扯了下來，然後大聲道：「你們的眼睛難道全都瞎了，難道竟看不出我是個女人？」

她居然真的是個女人！

她仰起了臉，道：「我已經放開了她，你爲什麼還不下來？」

屋簷後竟忽然沒有人開腔了。

紅衣女人道：「你爲什麼不說話？難道忽然變成了啞巴？」

屋簷後還是沒有聲音。

紅衣女人咬了咬嘴唇，忽然縱身一躍，跳了上去。
屋簷後哪裡有人？
人竟已不見，卻留下一堆剝空了的花生殼。
紅衣女人臉色變了，大喊道：「小路，姓路的，你死到哪裡去了，還不給我出來。」
沒有人出來。
她跺了跺腳，恨恨道：「我看你能躲到哪裡去？你就算躲到天邊，我也要找到你。」
只見紅影一閃，她的人也不見了。
那光頭大漢竟也突然從地上躍起，跳上馬背，打馬而去。
陳大倌怔在那裡，苦笑著，喃喃道：「看來這女人毛病倒不小。」
馬芳鈴也在發著怔，忽然輕輕嘆息了一聲，道：「我倒很佩服她。」
陳大倌又一怔，道：「你佩服她？」
馬芳鈴垂下頭，輕輕道：「她喜歡一個人時，就不怕當著別人面前說出來，她至少比我有勇氣。」
一陣風吹過，吹落了屋簷上的花生殼，卻吹不散馬芳鈴心中的幽怨。
她目光彷彿在凝視著遠方，但有意無意，卻又忍不住向葉開瞧了過去。
葉開卻在看著風中的花生殼，彷彿世上再也沒有比花生殼更好看的東西。
也不知為了什麼，馬芳鈴的臉突又紅了，輕輕跺了跺腳，呼哨一聲，她的胭脂馬立刻遠遠奔來。

她立刻竄上去，忽然反手一鞭，捲起了屋簷上還沒有被吹落的花生殼，灑在葉開面前，大聲道：「你既然喜歡，就全給你。」

花生殼落下來時，她的人和馬都已遠去。

陳大倌似笑非笑的看著葉開，悠然道：「其實有些話不說，也和說出來差不多，葉公子你說對嗎？」

葉開淡淡道：「不說總比說了的好。」

陳大倌道：「為什麼？」

葉開道：「因為多嘴的人總是討人厭的。」

陳大倌笑了，當然是假笑。

葉開已從他面前走過去，推開了那扇窄門，喃喃道：「不說話沒關係，不吃飯才真的受不了，為什麼偏偏有人不懂這道理？」

只聽一人悠然道：「但只要有花生，不吃飯也沒關係的。」

這人就坐在屋子裡，背對著門，面前的桌子上，擺著一大堆花生。

他剝開一顆花生，拋起，再用嘴接住，拋得高，也接得準。

葉開笑了，微笑著道：「你從未落空過？」

這人沒有回頭，道：「絕不會落空的。」

葉開道：「爲什麼？」

這人道：「我的手很穩，嘴也很穩。」

葉開道：「所以別人才會找你來殺人。」

殺人的確不但要手穩，也要嘴穩。

這人淡淡道：「只可惜他們並不是要我來殺你。」

葉開道：「你殺了那人後，再來殺我好不好？」

這人道：「好極了。」

葉開大笑。

這人忽然也大笑。

剛走進來的陳大倌卻怔住了。

葉開大笑著走過去，坐下，伸手拿起了一顆花生。

這人的笑容突然停頓。

他也是個年輕人。一個奇怪的年輕人，有著雙奇怪的眼睛，就連笑的時候，這雙眼睛都是冰冷的，就像是死人的眼睛，沒有情感，也沒有表情。

他看著葉開手裡的花生，道：「放下去。」

葉開道：「我不能吃你的花生？」

這人冷冷道：「不能，你可以叫我殺了你，也可以殺了我，但卻不能吃我的花生。」

葉開道：「爲什麼？」

這人道：「因爲路小佳說的。」

葉開道：「誰是路小佳？」

這人道：「我就是。」

眼睛是死灰色的，但卻在閃動著刀鋒般的光芒，葉開看著自己手裡的花生，喃喃道：「看來這只不過是顆花生而已。」

路小佳道：「是的。」

葉開道：「和別的花生有沒有什麼不同？」

路小佳道：「沒有。」

葉開道：「那麼我爲什麼一定要吃這顆花生呢？」

他微笑著，將花生慢慢的放回去。

路小佳又笑了，但眼睛還是冰冷，道：「你一定就是葉開。」

葉開道：「哦？」

路小佳道：「除了葉開外，我想不出還有你這樣的人。」

葉開道：「這是恭維？」

路小佳道：「有一點。」

葉開嘆了口氣，苦笑道：「只可惜十斤恭維話，也比不上一顆花生。」

路小佳凝視著他，過了很久，才緩緩道：「你從不帶刀的？」

葉開道：「至少還沒有人看見我帶刀。」

路小佳道：「爲什麼？」

葉開道：「你猜呢。」

路小佳道：「是因爲你從不殺人？還是因爲你殺人不必用刀？」

葉開笑了笑，但眼睛裡卻也沒有笑意。

他眼睛正在看著路小佳的劍。

一柄很薄的劍，薄而鋒利。

沒有劍鞘。

這柄劍就斜斜的插在他腰帶上。

葉開道：「你從不用劍鞘？」

路小佳道：「至少沒有人看過我用劍鞘。」

葉開道：「爲什麼？」

路小佳道：「你猜呢？」

葉開道：「是因爲你不喜歡劍鞘？還是因爲這柄劍本就沒有鞘？」

路小佳道：「無論哪柄劍，煉成時都沒有鞘。」

葉開道：「哦？」

路小佳道：「劍鞘是後來才配上去的。」

葉開道：「這柄劍為何不配鞘？」

路小佳道：「殺人的是劍，不是鞘。」

葉開道：「當然。」

路小佳道：「別人怕的也是劍，不是鞘。」

葉開道：「有道理。」

路小佳道：「所以劍鞘是多餘的。」

葉開道：「你從來不做多餘的事？」

路小佳道：「我只殺多餘的人！」

葉開道：「多餘的人？」

路小佳道：「有些人活在世上，本就是多餘的。」

葉開又笑了，道：「你這道理聽起來倒的確很有趣的。」

路小佳道：「現在你也已同意？」

葉開微笑著，道：「我知道有兩個人佩劍也從來不用鞘的，但他們卻說不出如此有趣的道理。」

路小佳道：「也許他們縱然說了，你也未必能聽得到。」

葉開道：「也許他們根本不願說。」

路小佳道：「哦？」

葉開道：「我知道他們都不是多話的人，他們的道理只要自己知道就已足夠，很少會說給別人聽。」

路小佳盯著他，說道：「你真知道他們是什麼樣的人？」

葉開點點頭。

路小佳冷冷道：「那麼你就知道得太多了。」

葉開道：「但我卻不知道你。」

路小佳道：「幸好你還不知道，否則這裡第一個死的人就不是傅紅雪，是你。」

葉開道：「現在呢？」

路小佳道：「現在我還不必殺你。」

葉開笑了笑，道：「你不必殺我，也未必能殺得了他。」

路小佳冷笑。

葉開道：「你見過他的武功？」

路小佳道：「沒有。」

葉開道：「既然沒有見過，怎麼能有把握？」

路小佳道：「但我卻知道他是個跛子。」

葉開道：「跛子也有很多種。」

路小佳道：「但跛子的武功卻通常只有一種。」

葉開道：「哪一種？」

路小佳道：「以靜制動，後發制人，那意思就是說他出手一定要比別人快。」

葉開點點頭，道：「所以他才能後發先至。」

路小佳忽然抓起一把花生，拋起。

突然間，他的劍已出手。

劍光閃動，彷彿只一閃，就已回到他的腰帶上。

花生卻落入他手裡——剝了殼的花生，比手剝得還乾淨。

花生殼竟已粉碎。

門口突然有人大聲喝采，就連葉開都忍不住要在心裡喝采。

好快的劍！

路小佳拈起顆花生，送到嘴裡，冷冷道：「你看他是不是能比我快？」

葉開沉默著，終於輕輕嘆了口氣，道：「我不知道……幸好我還不知道。」

路小佳道：「只可惜了這些花生。」

葉開道：「花生還是你吃的。」

路小佳道：「但花生卻要一顆顆的剝，一顆顆的吃，才有滋味。」

葉開道：「我倒寧願吃剝了殼的。」

路小佳道：「只可惜你吃不到。」

他的手一提，花生突然一連串飛出，竟全都像釘子般釘入柱子裡。

葉開嘆道：「你的花生寧可丟掉，也不給人吃？」

路小佳淡淡道：「我的女人也一樣，我寧可殺了她，也不會留給別人。」

葉開道：「只要是你喜歡的，你就絕不留給別人？」

路小佳道：「不錯。」

葉開又嘆了口氣，苦笑道：「幸好你喜歡的只不過是花生和女人。」

路小佳道：「我也喜歡銀子。」

葉開道：「哦？」

路小佳道：「因爲沒有銀子，就沒有花生，更沒有女人。」

葉開道：「有道理，世上雖然有很多東西比金錢重要，但這些東西往往也只有錢才能得到。」

路小佳也笑了。

他的笑冷酷而奇特，冷冷的笑著道：「你說了半天，也只有這一句才像葉開說的話。」

廿二　殺人前後

陳大倌、張老實、丁老四，當然已全都進來了，好像都在等著路小佳吩咐。

但路小佳卻彷彿一直沒有發覺他們的存在。

直到現在，他還是沒有回頭去看他們一眼，卻冷冷道：「這裡有沒有替我付錢的人？」

陳大倌立刻陪笑道：「有，當然有。」

路小佳道：「我要的你全能做到？」

陳大倌道：「小人一定盡力。」

路小佳冷冷道：「你最好盡力。」

陳大倌道：「請吩咐。」

路小佳道：「我要五斤花生，要乾炒的，不太熟，也不太生。」

陳大倌道：「是。」

路小佳道：「我還要一大桶熱水，要六尺高的大木桶。」

陳大倌道：「是。」

路小佳道：「還得替我準備兩套全新的內衣，麻紗和府綢的都行。」

陳大倌道：「兩套？」

路小佳道：「兩套，先換一套再殺人，殺人後再換一套。」

陳大倌道：「是。」

路小佳道：「花生中若有一顆壞的，我就砍斷你的手，有兩顆，就要你的命。」

陳大倌倒抽了口涼氣，道：「是。」

葉開忽然道：「你一定要洗過澡才殺人？」

路小佳道：「殺人不是殺豬，殺人是件很乾淨痛快的事。」

葉開帶著笑道：「被你殺的人，難道也一定要先等你洗澡？」

路小佳冷冷道：「他可以不等，我也可以先砍斷他的腿，洗過澡後再要他的命。」

葉開嘆了口氣，苦笑道：「想不到你殺人之前還有這麼多麻煩。」

路小佳道：「我殺人後也有麻煩。」

葉開道：「什麼麻煩？」

路小佳道：「最大的麻煩。」

葉開道：「女人？」

路小佳道：「這是你說的第二句聰明話。」

葉開笑道：「男人最大的麻煩本就是女人，這道理只怕連最笨的男人也懂的。」

路小佳道：「所以你還得替我準備個女人，要最好的女人。」

陳大倌遲疑著，道：「可是剛才那位穿紅衣服的姑娘如果又來了呢？」

路小佳忽然又笑了，道：「你怕她吃醋？」

陳大倌苦笑道：「我怎麼不怕，我這腦袋很容易就會被敲碎的。」

路小佳道：「你以爲她真是來找我的？」

陳大倌道：「難道不是？」

路小佳道：「我根本從來就沒有見過她這個人。」

陳大倌怔了怔，道：「那麼她剛才……」

路小佳沉下了臉，道：「你難道看不出她是故意來搗亂的！」

陳大倌怔住。

路小佳道：「那一定是你們洩露了風聲，她知道我要來，所以就搶先來了。」

陳大倌道：「來幹什麼呢？」

路小佳冷冷道：「你爲何不問她去？」

陳大倌眼睛裡忽然露出種驚懼之色，但臉上卻還是帶著假笑。

這假笑就好像是刻在他臉上的。

陳大倌的綢緞莊並不大，但在這種地方，已經可以算是很有氣派了。

今天綢緞莊當然不會有生意，所以店裡面兩個伙計也顯得沒精打采的樣子，只希望天快黑，好趕回家去，他們在店裡雖然是伙計，在家裡卻是老闆。

陳大倌並沒有在店裡停留，一回來就匆匆趕到後面去。

穿過後面小小的一個院子，就是他住的地方。

他永遠想不到院子裡竟有個人在等著他。

院子裡有棵榕樹，葉開就站在樹下，微笑著，道：「想不到我在這裡？」

陳大倌一怔，也立刻勉強笑道：「葉公子怎麼沒有在陪路小佳聊天？兩位剛才豈非聊得很投機？」

葉開嘆了口氣，道：「他連顆花生都不請我吃，我卻餓得可以吞下一匹馬。」

陳大倌道：「我正要趕回來起火燒水的，廚房裡也還有些飯菜，葉公子若不嫌棄……」

葉開搶著道：「聽說陳大嫂燒得一手好菜，想不到我也有這口福嚐到。」

陳大倌嘆了口氣，道：「只可惜葉公子今天來得不巧，正趕上她有病。」

葉開皺眉道：「有病？」

陳大倌道：「而且病得還不輕，連床都下不來。」

葉開突然冷笑，道：「我不信。」

陳大倌又怔了怔，道：「這種事在下爲什麼要騙葉公子？」

葉開冷冷道：「她昨天還好好的，今天怎麼就忽然病了？我倒要看看她得的什麼怪病。」

他沉著臉，竟好像準備往屋裡闖。

陳大倌垂下頭，緩緩道：「既然如此，在下就帶公子去看看也好。」

他真的帶著葉開從客廳走到後面的臥房，悄悄推開門，掀起了簾子。

屋裡光線很暗，窗子都關得嚴嚴的，充滿了藥香。

一個女人面向著牆，睡在床上，頭髮亂得很，還蓋著床被，果然是在生病的樣子。

葉開嘆了口氣，道：「看來我倒錯怪你了。」

陳大倌陪笑道：「沒關係。」

葉開道：「這麼熱的天，她怎麼還蓋被?沒病也會熱出病來的。」

陳大倌道：「她在打擺子，昨天晚上蓋了兩床被還在發抖。」

葉開忽然笑了笑，淡淡道：「死人怎麼還會發抖的呢?」

這句話沒說完，他的人已衝了進去，掀起了被。

被裡是紅的。

血是紅的!人已僵硬冰冷。

葉開輕輕的蓋起了被，就好像生怕將這女人驚醒。

他當作她永不會醒。

葉開嘆息了一聲，慢慢的回過頭。

陳大倌還站在那裡，陰沉沉的笑容——就彷彿刻在臉上的。

葉開嘆道：「看來我已永遠沒有口福嚐到陳大嫂做的菜了。」

陳大倌冷冷道：「死人的確不會做菜。」

葉開道：「你呢？」

陳大倌道：「我不是死人。」

葉開道：「但你卻應該是的。」

陳大倌道：「哦。」

葉開道：「因為我已在棺材裡看過你。」

陳大倌的眼皮在跳，臉上卻還是帶著微笑——這笑容本就是刻在臉上的。

葉開說道：「要扮成陳大倌的確並不太困難，因為這人本就整天在假笑，臉上本就好像在戴著個假面具。」

陳大倌冷冷道：「所以這人本就該死。」

葉開道：「但你無論扮得多像，總是瞞不過他老婆的，天下還沒有這麼神秘的易容術。」

陳大倌道：「所以他的老婆也該死。」

葉開道：「我只奇怪，你們為什麼不將他老婆也一起裝進棺材裡？」

陳大倌道：「有個人睡在這裡總好些，也免得伙計疑心。」

葉開道：「你想不到還是有人起疑心。」

陳大倌道：「的確想不到。」

葉開道：「所以我也該死？」

陳大倌忽然嘆了口氣，道：「其實這件事根本就和你完全沒有關係。」

葉開點點頭，道：「我明白，你們爲的是要對付傅紅雪。」

陳大倌也點點頭，道：「他才真的該死。」

葉開道：「爲什麼？」

陳大倌冷笑道：「你不懂？」

葉開道：「只要是萬馬堂的對頭都該死？」

陳大倌的嘴閉了起來。

葉開道：「你們是萬馬堂找來的？」

陳大倌的嘴閉得更緊。

但是他的手卻鬆開了，手本是空的，此刻卻有一蓬寒光暴雨般射了出來。

就在這同一刹那間，窗外也射入了一點銀星，突然間，又花樹般散開。

一點銀星竟變成了一蓬花雨，銀光閃動，亮得令人連眼睛都張不開。

也就在這同一刹那間，一柄刀已插入了「陳大倌」的咽喉。

他至死也沒有看見這柄刀是從哪裡來的。

刀看不見，暗器卻看得見。

暗器看得見，葉開的人卻已不見了。

接著，滿屋閃動的銀光、花雨也沒有了消息。

葉開的人還是看不見。

風在窗外吹，屋子裡卻連呼吸都沒有。

過了很久，突然有一隻手輕輕的推開了窗子，一隻很好看的手，手指很長，指甲也很乾淨。

但衣袖卻髒得很，又髒、又油、又膩。

這絕不是張老實的手，卻是張老實的衣袖。

一張臉悄悄的伸進來，也是張老實的臉。

他還是沒有看見葉開，卻看見陳大倌咽喉上的刀。

他的手突然僵硬。

然後他自己咽喉上也突然多了一柄刀。

他至死也沒有看見這柄刀。

插在別人咽喉上的刀，當然就已沒有危險，他當然看得見。

不幸的是，他只看見了刀柄。

難道真的只有看不見的刀，才是最可怕的？

葉開輕煙般從屋樑上掠下來，先拾取了兩件暗器，再拔出了他的刀。

他凝視著他的刀，表情忽然變得非常嚴肅，嚴肅得甚至已接近尊敬。

「我絕不會要你殺死多餘的人，我保證，我殺的人都是非殺不可的！」

宋老闆張開了眼睛。

屋子裡有兩個人，兩個人都睡在床上，一個女人面朝著牆，睡的姿勢幾乎和陳大倌的妻子完全一樣，只不過頭髮已灰白。

他們夫妻年紀都已不小。

他們似乎都已睡著。

直到屋子裡有了第三個人的聲音時，宋老闆才張開眼睛。

他立刻看見了一隻手。

手裡有兩樣很奇怪的東西，一樣就像是山野中的芒草，一樣卻像是水銀凝結成的花朵。

他再抬頭，才看見葉開。

屋子裡也很暗，葉開的眼睛卻亮得像是兩盞燈，正凝視著他，道：「你知道這是什麼？」

宋老闆搖了搖頭，目中充滿了驚訝和恐懼，連脖子都似已僵硬。

葉開道：「這是暗器。」

宋老闆道：「暗器？」

葉開道：「暗器就是種可以在暗中殺人的武器。」

宋老闆也不知是否聽懂，但總算已點了點頭。

葉開道：「這兩樣暗器，一種叫『五毒如意芒』，另一種叫『火樹銀花』，正是採花蜂、潘伶的獨門暗器。」

宋老闆舔了舔發乾的嘴唇，勉強笑道：「這兩位大俠的名字我從未聽說過。」

葉開道：「他們不是大俠。」

宋老闆道：「不是？」

葉開道：「他們都是下五門的賊，而且是採花賊。」

他沉下了臉，接著道：「我一向將別人的性命看得很重，但他們這種人卻是例外。」

宋老闆道：「我懂……沒有人不恨採花賊的。」

葉開道：「但他們也是下五門中，最喜用暗器的五個人。」

宋老闆道：「五個人？」

葉開道：「這五個人就叫做江湖五毒，除了他們兩個人，還有三個更毒的。」

宋老闆動容道：「這五個人難道已全都來了？」

葉開道：「大概一個也不少。」

宋老闆道：「是什麼時候來的？」

現。」

葉開道：「前天，就是有人運棺材來的那一天。」

宋老闆道：「我怎麼沒看見那天有五個這樣的陌生人到鎮上來！」

葉開道：「那天來的還不止他們五個，只不過全都是躲在棺材中來的，所以鎮上沒有人發現。」

宋老闆道：「那駝子運棺材來，難道就是爲了要將這些人送來？」

葉開道：「大概是的。」

宋老闆道：「現在他們難道還躲在棺材裡？」

葉開道：「現在棺材裡已只有死人。」

宋老闆鬆了口氣，道：「原來他們全都死了。」

葉開道：「只可惜死的不是他們，是別人。」

宋老闆道：「怎麼會是別人？」

葉開道：「因爲他們出來時，就換了另一批人進去了。」

宋老闆失聲道：「換了什麼人進去？」

葉開道：「現在我只知道採花蜂換的是陳大倌，潘伶換的是張老實。」

宋老闆道：「他……他們怎麼換的？」

葉開道：「這鎮上有個人，本是天下最善於易容的人！」

宋老闆道：「誰？」

葉開道：「西門春。」

宋老闆皺眉道：「西門春又是誰呢？我怎麼也從未聽見過？」

葉開道：「我現在也很想找出他是誰，我遲早總會找到的。」

宋老闆道：「你說他將採花蜂扮成陳大倌，將潘伶扮成了張老實？」

葉開點點頭，道：「只可惜無論多精妙的易容術，也瞞不過自己親人的，所以他們第一個選中的就是張老實。」

宋老闆道：「爲什麼？」

葉開道：「因爲張老實既沒有親人，也沒有朋友，而且很少洗澡，敢接近他的人本就不多。」

宋老闆道：「所以他就算變了樣子，也沒有人會去注意的。」

葉開道：「只可惜像張老實、丁老四這樣的人，鎮上也沒幾個。」

宋老闆道：「他們爲什麼要選中陳大倌呢？」

葉開道：「因爲他也是個很討厭的人，也沒有什麼人願意接近他。」

宋老闆道：「但他卻有老婆。」

葉開道：「所以他的老婆也非死不可。」

宋老闆歎了口氣，道：「這真是閉門家中坐，禍從天上來了。」

他嘆息著，想坐起來，但葉開卻按住了他的肩，道：「我對你說了很多事，也有件事要問你。」

宋老闆道：「請指教。」

葉開道：「張老實既然是潘伶，陳大倌既然是採花蜂，你是誰呢？」

宋老闆怔了怔，吶吶道：「我姓宋，叫宋大極，只不過近來已很少有人叫我名字。」

葉開道：「那是不是因爲大家都知道你老奸巨猾，沒有人敢纏你？」

宋老闆勉強笑道：「幸好那些人還沒有選中我作他們的替身。」

葉開道：「哦？」

宋老闆道：「我想，葉公子總不會認爲我也是冒牌的吧？」

葉開道：「爲什麼不會？」

宋老闆道：「我這黃臉婆，跟了我幾十年，難道還會分不出我是真是假？」

葉開冷冷道：「她若已是死人的話，就分不出真假來了。」

宋老闆失聲道：「我難道還會跟死人睡在一張床上不成？」

葉開道：「你們還有什麼事做不出的？莫說是死人，就算是死狗……」

他的話還沒有說完，床上睡著的老太婆突然嘆息著，翻了個身。

葉開的話說不下去了。

死人至少是不會翻身的。

只聽他老婆喃喃自語，彷彿還在說夢話……死人當然也不會說夢話。

葉開的手縮了回去。

宋老闆目中露出了得意之色，悠然道：「葉公子要不要把她叫起來，問問她？」

葉開只好笑了笑，道：「不必了。」

宋老闆終於坐了起來，笑道：「那麼就請葉公子到廳上奉茶。」

葉開道：「也不必了。」

他似乎已不好意思再耽下去，已準備要走，誰知宋老闆突然抓起那老太婆的腕子，將她整個人向葉開擲過來。

這一著當然也很出人意外，葉開正不知是該伸手去接，還是不接。

就在這時，被窩裡已突然噴出一股煙霧。

淺紫色的煙霧，就像是晚霞般美麗。

葉開剛伸手托住那老太婆，送回床上，他自己的人已在煙霧裡。

宋老闆看著他，目中帶著獰笑，等著他倒下去。

葉開居然沒有倒下去。

煙霧消散時，宋老闆就發現他的眼睛還是和剛才一樣亮。

這簡直是奇蹟。

只要聞到一絲化骨瘴，鐵打的人也要軟成泥。

宋老闆全身都似已因恐懼而僵硬。

葉開看著他，輕輕嘆了口氣，道：「果然是你。」

宋老闆道：「你早就知道我是誰了？」

葉開道：「若不知道，我現在已倒了下去。」

宋老闆道：「你來的時候已有準備？」

葉開笑了笑，道：「我既然已對你說了那些話，你當然不會再讓我走的，若是沒有準備，我怎麼還敢來？」

宋老闆咬著牙，道：「但我卻想不出你怎能化解我的化骨瘴。」

葉開道：「你可以慢慢的去想。」

宋老闆眼睛又亮了。

葉開道：「只要你說出是誰替你易容改扮的，也許還可以再想個十年二十年。」

宋老闆道：「我若不說呢？」

葉開淡淡道：「那麼你只怕永遠沒時間去想了。」

宋老闆瞪著他，冷笑道：「也許我根本不必想，也許我可以要你自己說出來。」

葉開道：「你連一分機會也沒有。」

宋老闆道：「哦？」

葉開道：「只要你的手一動，我就立刻叫你死在床上。」

他的語調溫文，但卻充滿一種可怕的自信，令人也不能不信。

宋老闆看著他，長長嘆了口氣，道：「我連你究竟是誰都不知道，但是我卻相信你。」

葉開微笑道：「我保證你絕不會後悔的。」

宋老闆道：「我若不說，你永遠想不到是誰……」

他這句話並沒有說完。

突然間，他整個人一陣痙攣，眼睛已變成死黑色，就好像是兩盞燈突然熄滅。

葉開立刻竄過去，就發現他脖子上釘著一根針。

慘碧色的針。

杜婆婆又出手了！她果然沒有死。

她的人在哪裡？難道就是宋老闆的妻子？

但那老太婆的人卻已軟癱，呼吸也已停頓，化骨瘴並不是人人都可以像葉開一樣抵抗的。

斷腸針是從哪裡打來的呢？

葉開抬起頭，才發現屋頂上有個小小的氣窗，已開了一線。

他並沒有立刻竄上去。

他很了解斷腸針是種什麼樣的暗器。

剛才他是從什麼地方進來，現在也要從什麼地方出去。

因爲他知道這是條最安全的路。

廿三　鈴兒響叮噹

外面也有個小小的院子。

葉開退出門，院子裡陽光遍地，一條黑貓正懶洋洋的躺在樹蔭下，瞪著牆角花圃間飛舞著的蝴蝶。想去抓，又懶得動。

屋頂上當然沒有人。

葉開也知道屋頂上已絕不會有人了，杜婆婆當然不會還在那裡等著他。

他嘆了口氣，忽然覺得自己就像這條貓一樣，滿心以爲只要一出手，就可以抓住那蝴蝶。其實牠就算不懶，也一樣抓不到蝴蝶的。蝴蝶不是老鼠，蝴蝶會飛。

蝴蝶飛得更高了。

突然間，一雙手從牆外伸進來，拍的一聲，就將蝴蝶夾住。

蝴蝶不見了，手也不見了。

牆頭上卻已有個人在坐著。

牆外是一片荒瘠的田地，也不知種的是麥子，還是梅花。

在這種地方，無論種什麼，都不會有好收成的，但卻還是要將種籽種下去。

這就是生活。每個人都要活下去，每個人都得要想個法子活下去。

荒田間，也有些破爛的小屋，他們才是這貧窮的荒地上，最貧窮的人。

在這小屋子裡長大的孩子，當然一個個都面有菜色。但孩子畢竟還是孩子，總是天真的。

現在正有七八個孩子，圍在牆外，睜大了眼睛，看著樹下的一個人。

坐在牆頭上的葉開，也正在看著這個人。

這人圓圓的臉，大大的眼睛，皮膚雪白粉嫩，笑起來一邊一個酒渦。

她也許並不能算是個美人，但卻無疑是個很可愛的女人。

現在她穿著件輕飄飄的月白衫子，雪白的脖子上，戴著個金圈圈，金圈圈上還掛著兩枚金鈴鐺。

她手上也戴著個金圈圈，上面也有兩枚金鈴鐺，風吹過的時候，全身的鈴鐺就「叮鈴鈴」的響。

但剛才她並不是這種打扮的，剛才她穿著的是件大紅衣裳。

剛才她站在旗桿上，現在卻站在樹下。

她面前擺著張破木桌子，桌上擺著一個穿紅衣服的洋娃娃，一面刻著花的銀牌，一塊紫水晶，一條五顏六色的鍊子，一對繡花荷包，一個鳥籠，一個魚缸。

她剛抓來的那隻蝴蝶，也和這些東西放在一起。誰也想不出她是從什麼地方將這些東西弄到這裡來的。最妙的是，鳥籠裡居然有對金絲雀，魚缸裡居然也有雙金魚。

孩子們看著她，簡直就好像在看著剛從雲霧中飛下來的仙女。

她拍著手，笑道：「好，現在你們排好隊，一個個過來拿東西，但一個人只能選一樣拿走，貪心的人我是要打他屁股的。」

孩子們果然很聽話。

第一個孩子走過，直著眼睛發了半天愣，這些東西每樣都是他沒看過的，他實在已看得眼花撩亂，到最後才選了那面銀牌。第二個孩子選的是金絲雀。

大眼睛的少女笑道：「好，你們都選得很好，將來一個可以去學做生意，一個可以去學做詩。」

兩個孩子都笑了，笑得很開心。

第三個是女孩子，選的是那繡花荷包。

第四個孩子最小，正在流著鼻涕，選了半天，竟選了那隻死蝴蝶。

少女皺了皺眉，道：「你知不知道別的東西比這死蝴蝶好？」

孩子點了點頭。

少女道：「那麼你爲什麼要選這隻死蝴蝶呢？」

孩子囁嚅著，吃吃道：「因爲我選別的東西，他們一定會想法子來搶走的，我又打不過他們，不好的東西才沒有人搶，我才可以多玩幾天。」

少女看著他，忽然笑了，嫣然道：「想不到你這孩子倒很聰明。」

孩子紅著臉，垂下頭。

少女眨著眼，又笑道：「我認得一個人，他的想法簡直就跟你完全一樣。」

孩子忍不住道：「他打不過別人？」

少女道：「以前他總是打不過別人，所以也跟你一樣，總是情願自己吃點虧。」

孩子道：「後來呢？」

少女笑道：「就因爲這緣故，所以他就拚命的學本事，現在已沒有人打得過他了。」

孩子也笑一笑，道：「現在好東西一定全是他的了。」

少女道：「不錯，所以你若想要好東西，也得像他一樣，去拚命學本事，你懂不懂？」

孩子點頭道：「我懂，一個人要不被別人欺負，就要自己有本事。」

少女嫣然道：「對極了。」

她從手腕上解下個金鈴鐺，道：「這個給你，若有別人搶你的，你告訴我，我就打他屁股。」

孩子卻搖搖頭，道：「現在我不要。」

少女道：「爲什麼？」

孩子道：「因爲你一定會走的，我要了，遲早還是會被搶走，等以後我自己有了本事，我自然就會有很多好東西的。」

少女拍手道：「好，你這孩子將來一定有出息。」

孩子眨著眼，道：「是不是就跟你那朋友一樣？」

少女道：「對極了。」

她忽就彎下腰，在這孩子臉上親了親。

孩子紅著臉跑走了，卻又忍不住回過頭問道：「那個拚命學本事的人，叫什麼名字？」

少女道：「你爲什麼要問？」

孩子道：「因爲我要學他，所以我要把他的名字記在心裡。」

少女眨著眼，柔聲道：「好，你記著，他姓葉，叫葉開。」

孩子們終於全都走了。少女伸了個懶腰，靠在樹上，一雙美麗的大眼睛正在瞟著葉開。

葉開在微笑。

少女眼波流動，悠然道：「你得意什麼？我只不過叫一個流鼻涕的小鬼來學你而已。」

葉開笑道：「其實他應該學你的。」

少女道：「學我什麼？」

葉開道：「只要看見好東西，就先拿走再說，管他有沒有人來搶呢？」

少女咬著嘴唇，瞪著他，過了很久，才慢慢的說道：「但若是我真喜歡的東西，就算有人拿走，我遲早也一定要搶回來的，拚命也要搶回來。」

葉開嘆了口氣，苦笑道：「可是丁大小姐喜歡的東西，又有誰敢來搶呢？」

少女也笑了，嫣然道：「他們不來搶，總算是他們的運氣。」

她笑得花枝招展，全身的鈴鐺也開始「叮鈴鈴」的直響。

她的名字就叫丁靈琳。她身上的鈴鐺，就叫丁靈琳的鈴鐺。

丁靈琳的鈴鐺並不是很好玩的東西，也並不可笑。非但不可笑，而且可怕。

事實上，江湖中有很多人簡直對丁靈琳的鈴鐺怕得要命。

但葉開卻顯然不怕。這世界上好像根本就沒什麼是他害怕的。

丁靈琳笑完了，就又瞪起眼睛看著他，道：「喂，你忘了沒有？」

葉開道：「忘了什麼？」

丁靈琳道：「你要我替你做的事，我好歹已替你做了。」

葉開道：「哦？」

丁靈琳道：「你要我冒充路小佳，去探聽那些人的來歷。」

葉開道：「你好像並沒有探聽出來。」

丁靈琳道：「那也不能怪我。」

葉開道：「不怪你怪誰？」

丁靈琳道：「怪你自己，你自己說他不會這麼早來的。」

葉開道：「我說過？」

丁靈琳道：「你還說，就算他來了，你也不會讓我吃虧。」

葉開道：「你好像也沒有吃虧。」

丁靈琳恨恨道：「但我幾時丟過那種人？」

葉開道：「誰叫你整天正事不做，只顧著去欺負別人。」

丁靈琳的眼睛突然瞪得比鈴鐺還圓，大聲道：「別人？別人是誰？你和她又有什麼關係？到現在還幫著她說話？」

葉開苦笑道：「至少她並沒有惹你。」

丁靈琳道：「她就是惹了我，我看見她在你旁邊，我就不順眼。」

別人還以爲她在爲了路小佳吃醋，誰知她竟是爲了葉開。

她對路小佳說的那些話，原來也只不過是說給葉開聽的。

她的手叉著腰，瞪著眼睛，又道：「我追了你三個多月，好容易才在這裡找到你，你要我替你裝神扮鬼，我也依著你，我有哪點對不起你，你說！」

葉開還有什麼話可說的？

丁靈琳跺著腳，腳上也有鈴鐺在響，但她說話卻比鈴鐺還脆還急。

葉開就算有話說，也沒法子說得出來。

丁靈琳道：「我問你，你明明要對付馬空群，爲什麼又幫著他的女兒？那小丫頭究竟跟你有什麼見不得人的關係？」

葉開道：「什麼關係也沒有。」

丁靈琳冷笑道：「好，這是你說的，你們既然沒有關係，我現在就去殺了她。」

丁大小姐說出來的話，一向是只要說得出，就做得到的。

葉開只有趕緊跳下來，攔住她，苦笑道：「我認得的女人也不知道有多少個，你難道要把她們一個個全都殺了？」

丁靈琳道：「我只殺這一個。」

葉開道：「爲什麼？」

丁靈琳道：「我高興。」

葉開嘆了一口氣，說道：「好吧，你究竟要我怎麼樣？」

丁靈琳眼珠子轉了轉，道：「第一，我要你以後無論到哪裡去，都不許甩開我。」

葉開道：「嗯。」

丁靈琳的大眼睛瞇起來了，用她那晶瑩的牙齒，咬著纖巧的下唇，用眼角瞟著葉開，道：「還有，我要你拉著我的手，到鎮上去走一圈，讓每人都知道我們是……是好朋友，你答不答應？」

葉開又嘆了口氣，苦笑道：「莫說只要我拉著你的手，就算要我拉著你的腳都沒關係。」

丁靈琳笑了。

她笑起來的時候，身上的鈴鐺又在「叮鈴鈴」的響，就好像她的笑聲一樣清悅動人。

烈日。

大地被烘烤得就像是一張剛出爐的麥餅，草木就是餅上的蔥。你若伸手去摸一摸，就會感覺出它是熱的。

馬芳鈴打著馬，狂奔在草原上。

草原遼闊，晴空萬里。

一粒粒珍珠般的汗珠，沿著她纖巧的鼻子流下來，她整個人都像是在烤爐裡。

她根本不知道要往哪裡去。直到現在，她才知道自己是個多麼可憐的人，她忽然對自己起了種說不出的同情和憐憫。

她雖然有個家，但家裡卻已沒有一個可以了解她的人。

沈三娘走了，現在連她的父親都已不在。

朋友呢？沒有人是她的朋友，那些馬師當然不是，葉開……葉開最好去死。

她忽然發覺自己在這世界上竟是完全無依無靠的。這種感覺簡直要令她發瘋。

廿四　烈日照大旗

「關東萬馬堂」鮮明的旗幟，又在風中飄揚。

你若站在草原上，遠遠看過去，有時甚至會覺得那像是一個離別的情人，在向你揮著絲巾。

那上面五個鮮血的字，卻像是情人的血和淚。

這五個字豈非就是血淚交織成的。

現在正有一個人靜靜的站在草原上，凝視著這面大旗。

他的身形瘦削而倔強，卻又帶著種無法描述的寂寞和孤獨。

碧天長草，他站在那裡，就像是這草原上一棵倔強的樹。

樹也是倔強，孤獨的。卻不知樹是否也像他心裡有那麼多痛苦和仇恨？

馬芳鈴看到了他，看到了他手裡的刀；陰鬱的人，不祥的刀。

但她看見他時，心裡卻忽然起了種說不出的溫暖之意，就彷彿剛把一杯辛辣的苦酒，倒下咽喉。

她本不該有這種感覺。

一個孤獨的人，看到另一個孤獨的人時，那種感覺除了他自己外，誰也領略不到。

她什麼都不再想，就打馬趕了過去。

傅紅雪好像根本沒有發現她——至少並沒有回頭看她。

她已躍下馬，站著凝視著那面大旗，有風吹過的時候，他就可以聽見她急促的呼吸。

風並不大。烈日之威，似已將風勢壓了下去，但風力卻剛好還能將大旗吹起。

馬芳鈴忽然道：「我知道你心裡在想什麼。」

傅紅雪沒有聽見，他拒絕聽。

馬芳鈴道：「你心裡一定在想，總有一天要將這面大旗砍倒。」

傅紅雪閉緊了嘴，也拒絕說。

但他卻不能禁止馬芳鈴說下去，她冷笑了一聲，道：「可是你永遠砍不倒的！永遠！」

傅紅雪握刀的手背上，已暴出青筋。

馬芳鈴道：「所以我勸你，還是趕快走，走得愈遠愈好。」

傅紅雪忽然回過頭，瞪著她。他的眼睛裡彷彿帶著種火焰般的光，彷彿要燃燒了她。

然後他才一字字道：「你知道我要砍的並不是那面旗，是馬空群的頭！」

他的聲音就像刀鋒一樣。

馬芳鈴竟不由自主後退了兩步，卻又大聲道：「你爲什麼要這樣恨他？」

傅紅雪笑了，露出了雪白的牙齒，笑得就像頭憤怒的野獸。

無論誰看到這種笑容，都會了解他心裡的仇恨有多麼可怕。

馬芳鈴又不由自主後退了半步，大聲道：「可是你也永遠打不倒他的，他遠比你想像的強得多，你根本比不上他！」

她的聲音就像是在呼喊。一個人心裡愈恐懼時，說話的聲音往往就愈大。

傅紅雪的聲音卻很冷靜，緩緩道：「你知道我一定可以殺了他的，他已經老了，太老了，老得已只敢流血。」

馬芳鈴拚命咬著牙，但是她的人卻已軟了下去，她甚至連憤怒的力量都沒有，只是恐懼。

她忽然垂下了頭，黯然道：「不錯，他已老了，已只不過是個無能為力的老頭子，所以你就算殺了他對你也沒什麼好處。」

傅紅雪目中也露出一種殘酷的笑意，道：「你是不是在求我不要殺他？」

馬芳鈴道：「我……我是在求你，我從來沒有這樣求過別人。」

傅紅雪道：「你以為我會答應？」

馬芳鈴道：「只要你答應，我……」

傅紅雪道：「你怎麼樣？」

馬芳鈴的臉突然紅了，垂著頭道：「我就隨便你怎麼樣，你要我走，我就跟著你走，你要我到哪裡，我就到哪裡。」

她一口氣說完了這些話，說完了之後，才後悔自己爲什麼會說出這些話。連她自己也不知道這些話是不是她真心想說的。

難道這只不過是她在試探傅紅雪，是不是還像昨天那麼急切的得到她！

用這種方法來試探，豈非太愚蠢、太危險、太可怕了！

幸好傅紅雪並沒有拒絕，只是冷冷的看著她。

她忽然發現他的眼色不但殘酷，而且還帶著種比殘酷更令人無法忍受的譏誚之意。

他好像在說：「昨天你既然那樣拒絕我，今天爲什麼又來找我？」

馬芳鈴的心沉了下去。這無言的譏誚，實在比拒絕還令人痛苦。

傅紅雪看著她，忽然道：「我只有一句話想問你——你是爲了你父親來求我的？還是爲了你自己？」

他並沒有等她回答，問過了這句話，就轉身走了，左腿先跨出一步，右腿再慢慢的跟了上去。這種奇特而醜陋的走路姿態，現在似乎也變成了一種諷刺。

馬芳鈴用力握緊了她的手，用力咬著牙，卻還是倒了下去。

砂土是熱的，又鹹又熱又苦。她的淚也一樣。

剛才她只不過是在可憐自己，同情自己，此刻卻是在恨自己，恨得發狂，恨得要命，恨不得大地立刻崩裂，將她埋葬！

剛才她只想毀了那些背棄她的人，現在卻只想毀了自己……

太陽剛好照在街心。

街上連個人影都沒有，但窗隙間，門縫裡，卻有很多雙眼睛在偷偷的往外看，看一個人。

看路小佳。

路小佳正在一個六尺高的大木桶裡洗澡，木桶就擺在街心。

水很滿，他站在木桶裡，頭剛好露在水面。

一套雪白嶄新的衫褲，整整齊齊的疊著，放在桶旁的木架上。

他的劍也在木架上，旁邊當然還有一大包花生。

他一伸手就可以拿到劍，一伸手也可以拿到花生，現在他正拈起一顆花生，捏碎，剝掉，拋起來，張開了嘴。

花生就剛好落入他嘴裡。

他顯然愜意極了。

太陽很熱，水也在冒著熱氣，但他臉上卻連一粒汗珠都沒有。

他甚至還嫌不夠熱，居然還敲著木桶，大聲道：「燒水，多燒些水。」

立刻有兩個人提著兩大壺開水從那窄門裡出來，一人是丁老四，另一人面黃肌瘦，留著兩撇老鼠般的鬍子，正是糧食行的胡掌櫃。

他看來正像是個偷米的老鼠。

路小佳皺眉道：「怎麼只有你們兩個人，那姓陳的呢？」

胡掌櫃陪笑道：「他會來的，現在他大概去找女人去了，這地方中看的女人並不多。」

他剛說完這句話，就立刻看到了一個非常中看的女人。

這女人是隨著一陣清悅的鈴聲出現的，她的笑聲也正如鈴聲般清悅。

太陽照在她身上，她全身都在閃著金光，但她的皮膚卻像是白玉。

她穿的是件薄薄的輕衫，有風吹過的時候，男人的心跳都可能要停止。

她的手腕柔美，手指纖長秀麗，正緊緊的拉著一個男人的手。

胡掌櫃的眼睛已發直，窗隙間，門隙裡的眼睛也全都發了直。

他們還依稀能認得出她，就是那「很喜歡」路小佳的紅衣姑娘。

誰也想不到她竟會拉著葉開的手，忽然又出現在這裡。

就算大家都知道女人的心變得快，也想不到她變得這麼快。

丁靈琳卻全不管別人在想什麼。

她的眼睛裡根本就沒有別人，只是看著葉開，忽然笑道：「今天明明是殺人的天氣，爲什麼偏偏有人在這裡殺豬？」

葉開道：「殺豬？」

丁靈琳道：「若不是殺豬，要這麼燙的水幹啥？」

葉開笑了，道：「聽說生孩子也要用燙水的。」

丁靈琳眨著眼，道：「奇怪，這孩子一生下來，怎麼就有這麼大了。」

葉開道：「莫非是怪胎？」

丁靈琳一本正經的點點頭，忍住笑道：「一定是怪胎。」

門後面已有人忍不住笑出聲來。

笑聲突又變成驚呼，一個花生殼突然從門縫裡飛進來，打掉他兩顆大牙。

路小佳的臉色鐵青，就好像坐在冰水裡，瞪著丁靈琳，冷冷道：「原來是要命的丁姑娘。」

丁靈琳眼波流動，嫣然道：「要命這兩個字多難聽，你爲什麼不叫我那好聽一點的名字？」

路小佳道：「我本就該想到是你的，敢冒我的名字的人並不多。」

丁靈琳道：「其實你的名字也不太好聽，我總奇怪，爲什麼有人要叫你梅花鹿呢？」

路小佳淡淡道：「那也許只因爲他們都知道梅花鹿的角也很利，碰上牠的人就得死。」

丁靈琳道：「那麼你就該叫大水牛才對，牛角豈非更厲害？」

路小佳沉下了臉。他現在終於發現跟女人鬥嘴是件不智的事，所以忽然改口道：「你大哥好嗎？」

丁靈琳笑了，道：「他一向很好，何況最近又贏來了一口好劍，是跟南海來的飛鯨劍客比劍贏來的，你知道他最喜歡的就是好劍了。」

路小佳又道：「你二哥呢？」

丁靈琳道：「他當然也很好，最近又把河北『虎風堂』打得稀爛，還把那三條老虎的腦袋割了下來，你知道他最喜歡的就是殺強盜了。」

路小佳道：「你三哥呢？」

丁靈琳道：「最好的還是他，他和姑蘇的南宮兄弟鬥了三天，先鬥唱、鬥棋，再鬥掌、鬥劍，終於把『南宮世家』藏的三十罈陳年女兒紅全贏了過來，還加上一班清吟小唱。」

她嫣然接著道：「丁三少最喜歡的就是醇酒美人，你總該也知道的。」

路小佳道：「你姐夫喜歡的是什麼？」

丁靈琳失笑道：「我姐夫喜歡的當然是我姐姐。」

路小佳道：「你有多少姐姐？」

丁靈琳笑道：「不多，只有六個。你難道沒聽說過丁家的三劍客，七仙女？」

路小佳忽然笑了笑，道：「很好。」

丁靈琳眨了眨眼，道：「很好是什麼意思？」

路小佳道：「我的意思就是說，幸好丁家的女人多，男人少。」

丁靈琳道：「那又怎麼樣？」

路小佳道：「你知道我一向不喜歡殺女人的。」

丁靈琳道：「哦？」

路小佳道：「只殺三個人幸好不多。」

丁靈琳好像覺得很有趣，道：「你是不是準備去殺我三個哥哥？」

路小佳道：「你是不是只有三個哥哥？」

丁靈琳忽然嘆了口氣，道：「很不好。」

路小佳道：「很不好？」

丁靈琳道：「他們不在這裡，當然很不好。」

路小佳道：「他們若在這裡呢？」

丁靈琳悠然道：「他們只要有一個人在這裡，你現在就已經是條死鹿了。」

路小佳看著她，目光忽然從她的臉移到那一堆花生上。

他好像因爲覺得終於選擇了一樣比較好看的東西，所以對自己覺得很滿意，連那雙銳利的眸子，也變得柔和了起來。

然後他就拈起顆花生，剝開，拋起。

雪白的花生在太陽下帶著種賞心悅目的光澤，他看著這顆花生落到自己嘴裡，就閉起眼睛，長長的嘆了口氣，開始慢慢咀嚼。

溫暖的陽光，溫暖的水，花生香甜。

他對一切事都覺得很滿意。

丁靈琳卻很不滿意。

這本來就像是一齣戲，這齣戲本來一定可以繼續演下去的。她甚至已將下面的戲詞全都安排好了，誰知路小佳卻是個拙劣的演員，好像突然間就將下面的戲詞全都忘記，竟拒絕陪她演下去。

這實在很無趣。

丁靈琳嘆了口氣，轉向葉開道：「你現在總該已看出他是個怎麼樣的人了吧？」

葉開點點頭，道：「他的確是個聰明人。」

丁靈琳道：「聰明人？」

葉開微笑著道：「聰明人都知道用嘴吃花生要比用嘴爭吵愉快得多。」

丁靈琳只恨不得用嘴咬他一口。

葉開若說路小佳是個聾子，是個懦夫，那麼這齣戲一樣還是能繼續演下去。

誰知葉開竟也是一個拙劣的演員，也完全不肯跟她合作。

路小佳嚼完了這顆花生，又嘆了口氣，喃喃道：「我現在才知道原來女人也一樣喜歡看男人洗澡的，否則為什麼她還不肯走？」

丁靈琳跺了跺腳，拉起葉開的手，紅著臉道：「我們走。」

葉開就跟著她走。他們轉過身，就聽見路小佳在笑，大笑，笑得愉快極了。

丁靈琳咬著牙，用力用指甲掐著葉開的手。

葉開道：「你的手疼不疼？」

丁靈琳道：「不疼。」

葉開道：「我的手爲什麼會很疼呢？」

丁靈琳恨恨道：「因爲你是個混蛋，該說的話從來不說。」

葉開苦笑道：「不該說的話，我也一樣從來就不說的。」

丁靈琳道：「你知道我要你說什麼？」

葉開道：「說什麼也沒有用。」

丁靈琳道：「爲什麼沒有用？」

葉開道：「因爲路小佳已知道我們是故意想去激怒他的，也知道在這種時候絕不能發怒。」

丁靈琳道：「你怎麼知道他知道？」

葉開道：「因爲他若不知道，用不著等到現在，早已變成條死鹿了。」

丁靈琳冷笑道：「你好像很佩服他？」

葉開道：「但最佩服的卻不是他。」

丁靈琳道：「是誰？」

葉開道：「是我自己。」

丁靈琳忍住笑，道：「我倒看不出你有哪點值得佩服的。」

葉開道：「至少有一點。」

丁靈琳道：「哪一點？」

葉開道：「別人用指甲掐我的時候，我居然好像不知道。」

丁靈琳終於忍不住嫣然一笑，她忽然也對一切事都覺得很滿意了，竟沒有發現有雙嫉恨的眼睛正在瞪著他們。

馬芳鈴的眼睛裡充滿了嫉恨之色，看著他們走進了陳大倌的綢緞莊。

他們本就決定在這裡等，等傅紅雪出現，等那一場可怕的決鬥。

丁靈琳也可藉這機會在這裡添幾套衣服。

只要有買衣服的機會，很少女人會錯過的。

馬芳鈴看著他們手拉著手走進去，他們兩個人的手，就像是捏著她的心。

這世上爲什麼從來沒有一個人這樣來拉著她的手呢？

她恨自己，恨自己爲什麼總是得不到別人的歡心。

牆角後很陰暗，連陽光都照不到這裡。

她覺得自己就像是個一出生就被父母遺棄了的私生子。

熱水又來了。

路小佳看著糧食行的胡掌櫃將熱水倒進桶裡，道：「人怎麼還沒有來？」

胡掌櫃陪笑道：「什麼人？」

路小佳道：「你們要我殺的人。」

胡掌櫃道：「他會來的。」

路小佳道：「他一個人來還不夠。」

胡掌櫃道：「還要一個什麼人來？」

路小佳道：「女人。」

胡掌櫃道：「我也正想去找陳大倌。」

路小佳淡淡道：「也許他永遠不會來了。」

胡掌櫃目光閃動，道：「爲什麼？」

路小佳並沒有回答他的話，卻半睜著眼，看著他的手。

他的手枯瘦蠟黃，但卻很穩，裝滿了水的銅壺在他手裡，竟像是空的。

路小佳忽然笑了笑，道：「別人都說你是糧食店的掌櫃，你真的是？」

胡掌櫃勉強笑道：「當然……」

路小佳道：「但是我愈看你愈不像。」

他忽然壓低聲音，悄悄道：「我總覺得你們根本不必請我來。」

胡掌櫃道：「爲什麼？」

路小佳悠然道：「你們以前要殺人時，豈非總是自己殺的？」

壺裡的水，已經倒空了，但提著壺的手，仍還是吊在半空中。

過了很久，這雙手才放下去，胡掌櫃忽然也壓低聲音，一字字道：「我們是請你來殺人的，並沒有請你來盤問我們的底細。」

路小佳慢慢的點了點頭，微笑道：「有道理。」

胡掌櫃道：「你開的價錢，我們已付給了你，也沒有人問過你的底細。」

路小佳道：「可是我要的女人呢？」

胡掌櫃道：「女人……」

他的話還沒有說完，忽然聽見一個人大聲道：「那就得看你要的是哪種女人了？」

這也是女人說話的聲音。

路小佳回過頭，就看到一個女人從牆後慢慢的走了出來。

一個很年輕、很好看的女人，但眼睛裡卻充滿了悲憤和仇恨。

馬芳鈴已走到街心。

太陽照在她臉上，她臉上帶著種很奇怪的表情，通常只有一個人被綁到法場時臉上才會有這種表情。

路小佳的目光已從她的腳，慢慢的看到她的臉，最後停留在她的嘴上。

她的嘴柔軟而豐潤，就像是一枚成熟而多汁的果實一樣。

路小佳笑了，微笑著道：「你是在問我想要哪種女人？」
馬芳鈴點點頭。
路小佳笑道：「我要的正是你這種女人，你自己一定也知道的。」
馬芳鈴道：「那麼你要的女人現在已有了。」
路小佳道：「是你？」
馬芳鈴道：「是我！」
路小佳又笑了。
馬芳鈴道：「你以爲我在騙你？」
路小佳道：「你當然不會騙我，只不過我總覺得你至少也該先對我笑一笑的。」
馬芳鈴立刻就笑，無論誰也不能不承認她的確是在笑。
路小佳卻皺起了眉。
馬芳鈴道：「你還不滿意？」
路小佳嘆了口氣，道：「因爲我一向不喜歡笑起來像哭的女人。」
馬芳鈴用力咬著嘴唇，過了很久，才輕輕道：「我笑得雖然不好，但別的事卻做得很好。」
路小佳道：「你會做什麼？」
馬芳鈴道：「你要我做什麼？」

路小佳看著她，忽然將盆裡的一塊浴巾拋了過去。

馬芳鈴只有接住。

路小佳道：「你知不知道這是做什麼用的？」

馬芳鈴搖搖頭。

路小佳道：「這是擦背的。」

馬芳鈴看看手裡的浴巾，一雙手忽然開始顫抖，連浴巾都抖得跌了下去。

可是她很快的就又撿起來，用力握緊。

她彷彿已將全身力氣都使了出來，光滑細膩的手背，也已因用力而凸出青筋。

可是她知道，這次被她抓在手裡的東西，是絕不會再掉下去的。她絕不能再讓手裡任何東西掉下去，她失去的已太多。

路小佳當然還在看著她，眼睛裡帶著尖針般的笑意，像是要刺入她心裡。

她咬緊牙，忽然問道：「我還有句話要問你。」

路小佳悠然道：「我也不喜歡多話的女人，但這次卻可以破例讓你問一問。」

馬芳鈴道：「你的女人現在已有了，你要殺的人現在還活著。」

路小佳道：「你不想讓他活著？」

馬芳鈴點點頭。

路小佳道：「你來，就是爲了要我殺了他？」

馬芳鈴又點點頭。

路小佳又笑了，淡淡道：「你放心，我保證他一定活不長的。」

廿五　一劍震四方

酷熱。

剛下過雨的天氣，本不該這麼熱的。

汗珠沿著人們僵硬的脖子流下去，流入幾乎已濕透的衣服裡。

變色的大蜥蜴在砂石間爬行，彷彿也想找個比較陰涼的地方。

剛被雨水打濕的草，已又被曬乾了。

連風都是熱的。

風從草原上吹過來，吹在人身上，就像是地獄中魔鬼的呼吸。

只有在屋子裡比較陰涼些。

三尺寬的櫃台上，堆滿了一匹匹鮮艷的綢緞，一套套現成的衣服。

葉開坐在旁邊一張籐椅裡，伸長了兩條腿，懶懶的看著丁靈琳選她的衣服。

店裡的兩個伙計，一個年紀比較大的，垂著手，陪笑在旁邊等著。

另一個年輕人，已乘機溜到門口去看熱鬧了。

他們在這行已幹了很久，已懂得女人在選衣服的時候，男人最好不要在旁邊參加意見。

丁靈琳選了件淡青色的衣服，在身上比了比，又放下，輕輕嘆了口氣，道：「想不到這地方的存貨倒還不少。」

葉開道：「別人只有嫌貨少的，你難道還嫌貨多了不成？」

丁靈琳點點頭，道：「貨愈多，我愈拿不定主意，若是只有幾件，說不定我已全買了下來。」

葉開也嘆了口氣，道：「這倒是實話。」

年輕的伙計陪笑道：「只因爲萬馬堂的姑奶奶和小姐們常來光顧，所以小店才不能不多備些貨，實在抱歉得很。」

丁靈琳忍不住笑了，道：「你用不著爲這點抱歉的，這不是你的錯。」

年長的伙計道：「但主顧永遠是對的，姑娘若嫌小店的貨多了，就是小店的錯。」

丁靈琳笑道：「你倒真會做生意，看來我想不買也不行了。」

站在門口的年輕伙計，忽然長長嘆息了一聲，喃喃道：「想不到，真想不到……」

丁靈琳皺眉道：「你想不到我會買？」

年輕的伙計怔了怔，轉過身陪笑道：「小的怎麼敢有這意思！」

丁靈琳道：「你是什麼意思？」

年輕的伙計道：「小的只不過絕想不到馬大小姐真會替人擦背而已。」

丁靈琳道：「馬大小姐？」

伙計道：「就是萬馬堂三老闆的千金。」

丁靈琳道：「是不是那個穿紅衣服的？」

伙計道：「三老闆只有這麼樣一位千金。」

丁靈琳道：「她在替誰擦背？」

伙計道：「就是……就是那位在街上洗澡的大爺吶。」

丁靈琳眼珠子一轉，轉過頭去看葉開。

葉開瞇著眼，似乎在打瞌睡。

丁靈琳道：「喂，你聽見了沒有？」

葉開道：「嗯。」

葉開道：「嗯。」

丁靈琳道：「你的好朋友在替人擦背，你難道不想出去看看？」

丁靈琳道：「嗯是什麼意思？」

葉開打了個呵欠，道：「若是男人在替女人擦背，用不著你說，我早已出去看了，女人替男人擦背是天經地義的事，有什麼好看的。」

丁靈琳瞪著他，終於又忍不住笑了。

那年輕的伙計忽又嘆了口氣，道：「小的倒明白馬姑娘是什麼意思。」

丁靈琳道：「哦？」

手。」

這伙計嘆道：「馬姑娘這樣委屈自己，全是爲了三老闆。」

丁靈琳道：「哦？」

這伙計道：「因爲那跛子是三老闆的仇家，馬姑娘生怕三老闆年紀大了，不是他的對手。」

丁靈琳道：「所以她不惜委曲自己，爲的就是要路小佳替她殺了那跛子？」

這伙計點頭嘆道：「她實在是位孝女。」

丁靈琳突然冷笑，道：「也許她只不過是喜歡替男人擦背而已。」

這伙計怔了怔，想說什麼，但被那年長的伙計瞪了一眼後，就垂下了頭。

這時外面突然傳來一陣馬蹄聲。蹄聲很亂，來的人顯然不止一個。

丁靈琳眼珠流動，道：「你出去看看，是些什麼人來了！」

這伙計雖然對她很不服氣，還是垂著頭走了出去。

「來的是萬馬堂的老師傅。」

「來了多少？」

「好像有四五十位。」

丁靈琳沉吟著，用眼角瞟著葉開，道：「你看他們是想來幫忙的？還是來看熱鬧的？」

葉開又打了個呵欠，道：「這就得看他們是笨蛋，還是聰明人了。」

丁靈琳道：「假如他們是想來幫忙的，就是如假包換的笨蛋？」

葉開道：「不折不扣的笨蛋。」

他笑了笑，又道：「這麼好看的熱鬧，也只有笨蛋才會錯過的。」

丁靈琳也笑了笑，道：「你是不是一心一意等著看究竟是傅紅雪的刀快，還是路小佳的劍快？」

葉開道：「就算要我等三天，我都會等。」

丁靈琳道：「所以你不是笨蛋。」

葉開道：「絕不是。」

這時街上已漸漸有各式各樣的聲音傳了進來，有咳嗽聲，有低語聲，但大多數卻還都是充滿了驚訝和感慨的嘆息聲。

看到馬大小姐在替人擦背，顯然有很多人驚訝，有很多人不平。但卻沒有一個人敢出來管這閒事的。這世上的笨蛋畢竟不多。

突然間，所有的聲音全部停止，連風都彷彿也已停止。

店裡的兩個伙計彷彿突然感覺到有種說不出的壓力，令人窒息。

丁靈琳的眼睛裡卻突然發出了光，喃喃道：「來了，終於來了……」

沒有人動，沒有聲音。

每個人都已感覺到這種不可抗拒的壓力，壓得人連氣都透不過來。

「來了！終於來了……」

好熱的太陽，好熱的風！

風從草原上吹過來，這人也是從草原上來的。

路上的泥濘已乾透。

他慢慢的走上了這條路，左腿先邁出一步，右腿再慢慢的跟上來。

每個人都在看著他，太陽也正照在他臉上。

他的臉卻是蒼白的，白得透明，就像是遠山上亙古不化的冰雪。

但他的眼睛卻似已在燃燒。他的眼睛在瞪著馬芳鈴。

馬芳鈴的手停下，手裡的浴巾，還在往下滴著水。

她心裡卻在滴著血。

一滴，兩滴……悲哀、憤怒、羞侮、仇恨。

「你爲什麼還不走？爲什麼還要留在這裡？」

「我不能走，因爲我要看著他死，死在我面前！」

她的心裡在掙扎、吶喊，可是她的臉上卻全沒有一絲表情。

傅紅雪的眼睛已盯在路小佳臉上。

路小佳卻連看都沒有看他，反而向丁老四和胡掌櫃招了招手。

他們只好走過去。

路小佳道：「你們要我殺的就是這個人？」

丁老四遲疑著，看了看胡掌櫃，兩個人終於同時點了點頭。

路小佳道：「你們真要我殺他？」

丁老四道：「當然。」

路小佳忽然笑了笑，道：「好，我一定替你們把他殺了。」

他伸出一隻手，慢慢的拿起了木架上的劍。

傅紅雪握刀的手立刻握緊。

路小佳還是沒有看他，卻凝注著手裡的劍，緩緩道：「我答應過的事，就一定會做到。」

丁老四陪笑道：「當然。」

路小佳道：「你放心？」

丁老四道：「當然放心。」

路小佳輕輕嘆了口氣，道：「你們既然已放心，就可以死了。」

丁老四皺眉道：「你說什麼？」

路小佳道：「我說你們已可以死了。」

他手裡的劍突然揮出，慢慢的揮出，並不快，也並沒有刺向任何人。

丁老四看著他手裡的劍揮出，一張臉突然抽緊，整個人都突然抽緊。

大家詫異的看著他的臉，誰也不知道這究竟是怎麼回事？

丁老四的人卻已倒了下去。他倒下去的時候，小腹下竟突然有股鮮血箭一般標出去。

大家這才看出，木桶裡刺出了一柄劍，劍尖還在滴著血。

丁老四正在看著路小佳右手中的劍時，路小佳左手的劍已從木桶裡刺出，刺進了他的小肚子。

就在這時，胡掌櫃也倒了下去，咽喉裡也有股鮮血標出來。

路小佳右手的劍，劍尖也在滴著血。

胡掌櫃看到那柄從木桶刺出的劍時，路小佳右手的劍已突然改變方向，加快，就僅是電光一閃，已刺穿了他的咽喉！

沒有人動，也沒有聲音。每個人連呼吸都似已停頓。

劍尖還在滴著血。

路小佳看到鮮血從他的劍尖滴落，輕輕嘆息著，喃喃道：「幹我這一行的人，就算洗澡的時候，也會在澡盆留一手的，現在你們總該懂了吧。」

馬芳鈴突然嘶聲道：「可是我不懂。」

路小佳道：「你不懂我為什麼要殺他們？」

馬芳鈴當然不懂，道：「你要殺的人並不是他們！」

路小佳忽又笑了笑，轉過頭，目光終於落到傅紅雪身上。

「你懂不懂？」

傅紅雪當然也不懂，沒有人懂。

路小佳道：「其實他們並不是真的要我來殺你的。他們只不過要在我跟你交手時，從旁邊暗算你。」

傅紅雪還是不太懂。

路小佳道：「這主意的確很好，因爲無論誰跟我交手時，都絕無餘力再防備別人的暗算了，尤其是從木桶裡發出的暗算。」

傅紅雪道：「木桶裡？」

就在這時，突聽「砰」的一聲大震。聲音竟是從木桶裡發出來的，接著，木桶竟已突然被震開。

水花四濺，在太陽下閃起了一片銀光。竟突然有條人影從木桶裡竄了出來。

這人的身手好快。但路小佳的劍更快，劍光一閃，又是一聲慘呼。

太陽下又閃起了一串血珠，一個人倒在地上，赫然竟是金背駝龍！

沒有聲音，沒有呼吸。慘呼聲已消失在從草原上吹過來的熱氣裡。

也不知過了多久，丁靈琳才長長吐出口氣，道：「好快的劍！」

葉開點點頭，他也承認。

無論誰都不能不承認，一柄凡鐵打成的劍到了路小佳的手裡，竟似已變得不是劍了。

竟似已變成了一條毒蛇，一道閃電，從地獄中擊出的閃電。

丁靈琳嘆道：「現在連我都有點佩服他了。」

葉開道：「哦？」

丁靈琳道：「他雖然未必是聰明人，也未必是好人，但他的確會使劍。」

最後一滴血也滴了下去。

路小佳的眼睛這才從劍尖上抬起，看著傅紅雪，微笑道：「現在你懂了麼？」

傅紅雪點點頭。

現在他當然已懂了，每個人都懂了。

木桶下面竟有一節是空的，裡面竟藏著一個人。

水注入木桶後，就沒有人能再看得出桶有多深。

路小佳當然也沒有站直，所以也沒有人會想到木桶下還有夾層。

所以金背駝龍若從那裡發出暗器來，傅紅雪的確是做夢也想不到的。

路小佳道：「現在你總該明白，我洗澡並不是爲了愛乾淨，而是因爲有人付了我五千兩銀子。」

他笑了笑，又道：「爲了五千兩銀子，也許連葉開都願意洗個澡了。」

葉開在微笑。

傅紅雪的臉卻還是冰冷蒼白的，在這樣的烈日下，他臉上甚至連一滴汗都沒有。

路小佳悠然道：「這主意連我都覺得不錯，只可惜他們還是算錯了一件事。」

傅紅雪忍不住問道：「什麼事？」

路小佳道：「他們看錯了我。」

傅紅雪道：「哦？」

路小佳道：「我殺過人，以後還會殺人，我也喜歡錢，爲了五千兩銀子，我隨時隨地都願意洗澡。」

他又笑了笑，淡淡的接著道：「但是我卻不喜歡被人利用，更不喜歡被人當做工具。」

傅紅雪長長吐出口氣，目中的冰雪似已漸漸開始溶化。

他忽然覺得濕淋淋的站在他面前的這個人，至少還是個人。

路小佳道：「我若要殺人，一向都自己動手的。」

傅紅雪道：「這是個好習慣。」

路小佳道：「其實我還有很多好習慣。」

傅紅雪道：「哦？」

路小佳道：「我還有個好習慣，就是從不會把自己說出的話再吞下去。」

傅紅雪道：「哦？」

路小佳道：「現在我已收了別人的錢，也已答應別人要殺你。」

傅紅雪道：「我聽見了。」

路小佳道：「所以我還是要殺你。」

傅紅雪道：「但我卻不想殺你。」

路小佳道：「爲什麼？」

傅紅雪道：「因爲我一向不喜歡殺你這種人。」

路小佳道：「我是哪種人？」

傅紅雪道：「是種很滑稽的人。」

路小佳很驚訝，道：「我很滑稽？」

有很多人罵過他很多種難聽的話，卻從來還沒有人說過他滑稽的！

傅紅雪淡淡道：「我總覺得穿著褲子洗澡的人，比脫了褲子放屁的人還滑稽得多。」

葉開忍不住笑了，丁靈琳也笑了。

一個大男人身上若只穿著條濕褲子，樣子的確滑稽得很。

這種樣子至少絕不像殺人的樣子。

路小佳忽然也笑了，微笑著道：「有趣有趣，我實在想不到你這人也會如此有趣的，我一向最喜歡你這種人了。」

他忽又沉下臉，冷冷的說道：「只可惜我還是要殺你！」

傅紅雪道：「現在就殺？」

路小佳道：「現在就殺！」

傅紅雪道：「就穿著這條濕褲子？」

路小佳道：「就算沒有穿褲子，也還是一樣要殺你的。」

傅紅雪道：「很好。」

路小佳道：「很好？」

傅紅雪道：「我也覺得這機會錯過實在可惜。」

路小佳道：「什麼機會？」

傅紅雪道：「殺我的機會。」

路小佳道：「現在我才有殺你的機會？」

傅紅雪道：「因爲你知道我現在絕不會殺你！」

路小佳動容道：「你這是什麼意思？」

傅紅雪淡淡道：「我只不過告訴你，我說出的話，也從來不會吞回去的。」

路小佳看著他，臉上帶著很奇怪的表情。

傅紅雪的臉上卻全無表情。

路小佳忽然笑了。

木架上有個皮褡包，被壓在衣服下。

他忽然用劍尖挑起，從褡包中取出兩張銀票。

一張是一萬兩的，一張是五千兩的。

路小佳道：「人雖沒有殺，澡卻已洗過了，所以這五千兩我收下，一萬兩卻得還給你。」

他將一萬兩的銀票拋在丁老四身上，喃喃道：「抱歉得很，每個人都難免偶而失信一兩次的，你們想必也不會怪我。」

沒有人怪他，死人當然更不會開口。

路小佳竟已用劍尖挑著他的褡包，揚長而去，連看都沒有再看傅紅雪一眼，也沒有再看馬芳鈴一眼。

大家只有眼睜睜的看著。

可是他走到葉開面前時，卻又忽然停下了腳步。

葉開還是在微笑。

路小佳上上下下看了他兩眼，忽也笑了笑，道：「你知道我爲什麼要將這五千兩留下來？」

葉開微笑道：「不知道。」

路小佳將銀票送過去，道：「這是給你的。」

葉開道：「給我？爲什麼給我？」

路小佳道：「因爲我要求你一件事。」

葉開道：「什麼事？」

路小佳道：「求你洗個澡，你若再不洗澡，連我都要被你活活臭死了。」

他不讓葉開再開口，就已大笑著揚長而去。

葉開看著手裡的銀票，也不知是好氣，還是好笑。

丁靈琳卻已忍不住笑道：「無論如何，洗個澡就有五千兩銀子可拿，總是划得來的。」

葉開故意板著臉，冷冷道：「你好像很佩服他。」

丁靈琳眨了眨眼，道：「可是我最佩服的人並不是他。」

葉開道：「你最佩服的是你自己？」

丁靈琳道：「不是我，是你。」

葉開道：「你也最佩服我？」

丁靈琳點點頭道：「因爲這世上居然有男人肯花五千兩銀子要你洗澡。」

葉開忍不住要笑了，但卻沒有笑。

因爲就在這時，他已聽到有個人放聲大哭起來。

哭的是馬芳鈴。

她已忍耐了很久，她已用了最大的力量去控制她自己。

但她還是忍不住要哭，要放聲大哭。

她不但悲傷，而且氣憤。

因爲她覺得被侮辱與損害了的人總是她，並沒有別人。

她開始哭的時候，傅紅雪正走過來，走過她身旁。

可是他並沒有看她，連一眼都沒有看，就好像走過金背駝龍的屍身旁一樣。

萬馬堂的馬師們，全都站在簷下，有的低下了頭，有的眼睛望著別的地方。

他們本也是剛烈兇悍的男兒，但現在眼看著他們堂主的獨生女在他們面前受辱，大家竟也全都裝做沒有看見。

馬芳鈴突然衝過去，指著傅紅雪，嘶聲道：「你們知道他是誰？他就是你們堂主的仇人，就是殺死你們那些兄弟的兇手，他存心要毀了萬馬堂，你們就這樣在旁邊看著？」

還是沒有人開口，也沒有人看她一眼。

大家的眼睛都在看著一個滿臉風霜的中年人。

他們叫這人焦老大，因爲他正是馬師中年紀最長的一個。

他這一生，幾乎全都是在萬馬堂度過的，他已將這一生中最寶貴的歲月，全都消磨在萬馬堂中的馬背上。

現在他雙腿已彎曲，背也已有些彎了，一雙本來很銳利的眼睛，已被劣酒泡得發紅。

每當他睡在又冷又硬的木板床上撫摸到自己大腿上的老繭時，他也會想到別處去闖一闖。

可是他已沒有別的地方可去，因爲他的根也已生在萬馬堂。

馬芳鈴第一次騎上馬背，就是被他抱上去的，現在她也在瞪著他，大聲道：「焦老大，只有你跟我爹爹最久，你爲什麼也不開口？」

焦老大目中似也充滿悲憤之色，但卻在勉強控制著，過了很久，才長長嘆息了一聲，緩緩道：「我也無話可說。」

馬芳鈴道：「爲什麼？」

焦老大握緊雙拳，咬著牙道：「因爲我已不是萬馬堂的人了。」

馬芳鈴聳然道：「誰說的？」

焦老大道：「三老闆說的。」

馬芳鈴怔住。

焦老大道：「他給了我們每個人一匹馬，三百兩銀子，叫我們走。」

他拳頭握得更緊，牙也咬得更緊，嗄聲道：「我們爲萬馬堂賣了一輩子命，可是三老闆說要我們走，我們就得走。」

馬芳鈴看著他，一步步往後退。

她也已無話可說。

葉開一直在很注意的聽著，聽到這裡，忽然失聲道：「不好！」

丁靈琳道：「什麼事不好？」

葉開搖了搖頭，還沒有說話，忽然看見一股濃煙衝天而起。

那裡本來正是萬馬堂的白綾大旗升起處！

濃煙，烈火。

葉開他們趕到那裡時，萬馬堂竟已赫然變成了一片火海。

天乾物燥，火勢一發，就不可收拾。

何況火上加了油——草原中獨有的，一種最易燃燒的烏油。

同時起火的地方至少有二三十處，一燒起來，就燒成了火海。

馬群在烈火驚嘶，互相踐踏，想在這無情烈火中找條生路。

有的僥倖能衝過云，四散飛奔，但大多數卻已被困死。

烈火中已發出炙肉的焦臭。

「萬馬堂已毀了，徹底毀了。」

「毀了這地方的人，也正是建立這地方的人。」

葉開彷彿還可以看見馬空群站在烈火中，在向他冷笑著說：「這地方是我的，沒有人能夠從我手裡搶走它！」

現在他已實踐了他的諾言，現在萬馬堂已永遠屬於他。

火勢雖猛，但葉開的掌心卻在淌著冷汗。

誰也不會了解他現在的心情，誰也不知道他在想著什麼？

丁靈琳忽然嘆了口氣，道：「既然得不到，不如就索性毀了它，這人的做法也並不是完全錯的。」

她蒼白的臉，也已被火焰照得發紅，忽又失聲道：「奇怪，那裡怎麼還有個孩子？」

烈火將天都燒紅了，看來就像是一塊透明的琥珀。

血紅的太陽，動也不動的掛在琥珀裡。

也不知何時又起了風。

有火的地方，總是有風的。

遠處一塊還未被燃起的長草，在風中不停起伏，黃沙自遠處捲過來，消失在烈火裡。

烈火中的健馬悲嘶未絕，聽在耳裡，只令人忍不住要嘔吐。

血紅的太陽下，起伏的長草間，果然有個孩子癡癡的站在那裡。

他看著這連天的烈火，將自己的家燒得乾乾淨淨。

他的淚似也被烤乾了，似已完全麻木。

「小虎子。」

這孩子正是馬空群最小的兒子。

葉開忍不住匆忙趕過去，道：「你……你怎麼還在這裡？」

小虎子並沒有抬頭看他，只是輕輕的說道：「我在等你。」

葉開道：「等我？怎麼會在這裡等我？」

小虎子道：「我爹爹叫我在這裡等你，他知道你一定會來的。」

葉開忍不住問道：「他的人呢？」

小虎子道：「走了……已經走了……」

這小小的孩子直到這時，臉上才露出一絲悲哀的表情，像是要哭出來。

但他卻居然忍住了。

葉開忍不住拉起這孩子的手，道：「他什麼時候走的？」

小虎子道：「走了已經很久。」

葉開道：「他一個人走的？」

小虎子搖搖頭。

葉開道：「還有誰跟著他走？」

小虎子道：「三姨。」

葉開失聲道：「沈三娘？」

小虎子點點頭，嘴角抽動著，嗄聲道：「他帶著三姨走，卻不肯帶我走，他……他……」

這句話還沒有說完，這孩子終於已忍不住失聲痛哭了起來。

哭聲中充滿了悲慟、辛酸、憤怒，也充滿了一種不可知的恐懼。

他畢竟還是個孩子。

葉開看著他，心裡也不禁覺得很酸楚，丁靈琳已忍不住在悄悄的擦眼淚。

這孩子突然撲到葉開懷裡，痛苦著道：「我爹爹要我在這裡等你，他說你答應過他，一定會好好照顧我的，還有我姐姐……是不是？是不是？」

葉開又怎麼能說不是？

丁靈琳已將這孩子拉過去，柔聲道：「我保證他一定會好好照顧你的，否則連我都不答應。」

孩子抬頭看了看她，又垂下頭，道：「我姐姐呢？你們是不是也會好好照顧她？」

丁靈琳沒法子回答這句話了，只有苦笑。

葉開這才發現馬芳鈴竟已不知到什麼地方去了。

還有傅紅雪呢？

太陽已漸西沉。

草原上的火勢雖然還在繼續燃燒著，但總算也已弱了下去。

西風怒嘶，暮靄漸臨。

顯赫一時的關東萬馬堂現在竟已成了陳跡，火熄時最多也只不過還能剩下幾丘荒墳，一片焦土而已。

一手創立這基業的馬空群，現在竟已不知何處去。

這一切是誰造成的？

仇恨！有時甚至連愛的力量都比不上仇恨！

傅紅雪的心裡充滿了仇恨。他也同樣恨自己——也許他最恨的就是他自己。

長街上沒有人，至少他看不見一個活人。

所有的人都已趕到火場去了。這場大火不但毀了萬馬堂，無疑也必將毀了這小鎮，很多人都能看得出，這小鎮很快也會像金背駝龍他們的屍身一樣僵硬乾癟的。

街上泥土也同樣僵硬乾癟。

傅紅雪一個人走過長街，他左腿先邁出一步，右腿再慢慢的跟上去。他走的雖慢，卻絕不會停。

「也許我應該找匹馬。」他正在這麼樣想的時候，就看見一個人悄悄的從橫巷中走出來。

一個纖弱而苗條的女人，手裡提著很大的包袱。

翠濃。

傅紅雪心裡突然一陣刺痛，因爲他本已決心要忘記她了。

自從他知道她在這些年來一直在爲蕭別離「工作」時，他已決心忘記她了。

但她卻是他這一生中唯一的女人。

翠濃彷彿早已在這裡等著他，此刻垂著頭，慢慢的走過來，輕輕道：「你要走？」

傅紅雪點點頭。

翠濃道：「去找馬空群？」

傅紅雪又點點頭，他當然非找馬空群不可。

翠濃道：「你難道要把我一個人留在這裡？」

傅紅雪的心又是一陣刺痛。他本已決心不再看她，但到底還是忍不住看了她一眼。

這一眼已足夠。

血紅的太陽，正照在她臉上，她的臉蒼白、美麗而憔悴。

她的眼睛裡充滿了一種無助的情意，彷彿正在對他說：「你不帶我走，我也不敢再求你，可是我還是要你知道，我永遠都是你的。」

黑暗中甜蜜的慾望，火一般的擁抱，柔軟香甜的嘴唇和胸膛——就在這一刹那間，全部又湧上了傅紅雪的心頭。

他的掌心開始淌出了汗。

太陽還照在他頭上，火熱的太陽。

翠濃的頭垂得更低，漆黑濃密的頭髮，流水般散落下來。

傅紅雪忍不住慢慢的伸出手，握著了她的頭髮。

她頭髮黑得就像是他的刀一樣。

廿六　血海深仇

太陽已消失，長街上寂無人跡。只有小樓上亮起了一點燈光，一個人推開了樓上的窗子，凝視著靜寂的長街。他知道黑夜已快來了。

血跡已乾透。一陣風吹過來，捲起了金背駝龍的頭髮。

蕭別離闔起眼睛，輕輕嘆息了一聲，慢慢的關起窗子。

燈剛點起來。他在孤燈旁坐了下去，他的人也正和這盞燈同樣孤獨。

燈光照在他臉上，他臉上的皺紋看來已更多，也更深了。

每一條皺紋中，不知隱藏著多少辛酸，多少苦難，多少秘密？

他替自己倒了杯酒，慢慢的喝下去，彷彿在等著什麼。

可是他又還能等待什麼呢？生命中那些美好的事物，早都已隨著年華逝去，現在他唯一還能等得到的，也許就是死亡。

寂寞的死亡，有時豈非也很甜蜜！

黑夜已來了。他用不著回頭去看窗外的夜色，也能感覺得到。

酒杯已空，他正想再倒一杯酒時，就已聽到從樓下傳來的聲音。

洗骨牌的聲音。

他嘴角忽然露出種神秘而辛澀的笑意，彷彿早已知道一定會聽到這種聲音。

於是他支起了枴杖，慢慢的走了下去。

樓下不知何時也已燃起了一盞燈。

一個人坐在燈下，正將骨牌一張張翻起來，目光中也帶著種神秘而辛澀的笑意。

葉開很少這麼笑的。他凝視著桌上的骨牌，並沒有抬頭去看蕭別離。

蕭別離卻在凝視著他，慢慢的在他對面坐下，忽然道：「你看出了什麼？」

葉開沉默了很久，才嘆息著，道：「我什麼也看不出來。」

蕭別離道：「爲什麼？」

葉開在聽著。他看得出蕭別離已準備在他面前說出一些本來絕不會說的話。

過了很久，蕭別離果然又嘆息著道：「你當然早已想到我本不姓蕭。」

葉開承認。

蕭別離道：「一個人的姓，也不是他自己選的，他根本沒有選擇的餘地。」

葉開道：「這句話我懂，但你的意思我卻不懂。」

蕭別離道：「我的意思是說，我們本是同一種人，但走的路不同，只不過因爲你的運氣比我好。」

他遲疑著，終於下了決心，一字字接著道：「因爲你不姓西門。」

葉開道：「西門？西門春？」

蕭別離苦笑道：「你是不是早已想到了？」

葉開道：「我看到假扮老太婆的人，死在李馬虎店裡時才想到的。」

蕭別離道：「哦？」

葉開道：「那時我才想到，我叫了一聲西門春，他回過頭來，並不是在看我，而是在看你。」

蕭別離道：「哦？」

葉開道：「他回頭，只因爲覺得驚訝，我怎會突然叫出你的名字。」

蕭別離道：「所以你才會認爲他就是西門春。」

葉開嘆道：「每個人都有錯的。」

蕭別離道：「何況他自己也並不否認。」

葉開道：「他在你面前怎麼敢否認？」

蕭別離道：「那時你還以爲李馬虎就是杜婆婆。」

葉開苦笑道：「直到現在，我還是想不出杜婆婆究竟藏在哪裡。」

蕭別離道：「你永遠想不出的。」

葉開道：「爲什麼？」

蕭別離緩緩道：「因爲誰也想不到杜婆婆和西門春本是一個人。」

葉開長長吐出口氣，苦笑道：「我實在想不到！」

他又看了蕭別離兩眼，嘆道：「直到現在，我還是看不出你能扮成老太婆。」

蕭別離淡淡道：「你若能看得出，我就不是西門春了。」

葉開嘆道：「這也就難怪江湖中人都說只有西門春才是千面人門下唯一的衣鉢弟子。」

蕭別離道：「不是衣鉢弟子。」

葉開道：「是什麼？」

蕭別離道：「是兒子！」

葉開動容道：「令尊就是千面人？」

蕭別離道：「嗯！」

葉開道：「因爲我從一開始就已錯了。」

蕭別離嘆息著，慢慢的點了點頭，道：「每個人都難免會錯的。」

葉開嘆道：「我沒有想到馬空群會走，從來也沒有想到。」

蕭別離淡淡道：「我本來也以爲他走不了的。」

葉開道：「可是他比我們想像中更聰明，他知道誰也不會錯過路小佳和傅紅雪的決鬥。」

蕭別離道：「他若要走，這的確是個再好也沒有的機會。」

葉開道：「也許他正是爲了這緣故，才去找路小佳的。」

蕭別離道：「哦？」

葉開道：「他故意安排好那些詭計，故意要別人發現，爲的只不過是要別人相信他的確是想暗算傅紅雪，想殺了傅紅雪。」

他嘆了口氣，苦笑道：「假如別人對他這目的完全沒有懷疑的話，當然就想不到他其實是想乘此機會逃走而已。」

蕭別離也笑了，淡淡道：「你最大的毛病，也許就是你總是想得太多了。」

葉開嘆道：「不錯，一個人的確還是不要想得太多的好。」

蕭別離忽也長長嘆了口氣，道：「你知道我最大的毛病是什麼？」

葉開搖搖頭。

蕭別離苦笑道：「我的毛病也是想得太多了。」

葉開凝視著他，道：「所以你也沒有想到他會走？是吧？」

蕭別離點點頭。

葉開眼睛裡又露出那種尖針般的笑意，看著他一字字道：「所以你才會替他去找路小佳來。」

蕭別離道：「你什麼時候知道的？」

他非但神色還是很平靜，而且竟完全沒有否認的意思。

葉開反問道：「你不否認？」

蕭別離淡淡的笑了笑，道：「在你這種人面前，否認又有什麼用？」

葉開也笑了，笑得並不像平時那麼開朗，彷彿對這個人覺得很惋惜。

蕭別離嘆了口氣，黯然地道：「也許我的確走錯了路。」

葉開道：「但你看來根本並不像是一個容易走錯路的人。」

蕭別離道：「走對了路的原因只有一種，走錯路的原因卻有很多種。」

葉開道：「哦？」

蕭別離道：「每個走錯路的人，都有他的種種原因。」

葉開道：「你的原因是什麼？」

蕭別離道：「我走的這條路，也許並不是我自己選擇的。」

他目中露出了迷惘沉痛之色，彷彿在凝視著遠方，過了很久，才慢慢的接著道：「也許有些人一生下來就已在這條路上，所以他根本沒有別的路可走。」

蕭別離目中又露出那種淒涼的笑意，道：「連我自己也不知道這究竟是我的幸運？還是我的不幸？」

葉開沒有說話，這句話本不是任何人能答覆的。

蕭別離道：「無論誰都不能不承認，先父是武林中的一位奇才，他武功的淵博和神奇之處，直到現在還沒有人能比得上。」

葉開也不能不承認。

蕭別離道：「他這一生中，忽男忽女，忽邪忽正，有人尊稱他爲千面人神，也有人罵他是千面魔人，誰都不知道他究竟是怎麼樣一個人。」

葉開道：「你呢？」

蕭別離道：「我也不知道。我只知道他雖然將平生所學全都傳給了我，但也留給我一副擔子。」

葉開道：「什麼擔子？」

蕭別離道：「仇恨。」

這兩個字他說得很慢，彷彿用了很大力氣才能說出來。

葉開了解這種心情，也許沒有人比他更能了解仇恨是副多麼沉重的擔子了。

蕭別離道：「直到現在，江湖中人也還不知道他究竟是不是已經死了，有人說他已浮海東去，有人甚至說他已得道成仙。」

葉開道：「其實呢？」

蕭別離黯然道：「其實他當然早已死了。」

葉開忍不住問道：「怎麼死的？」

蕭別離道：「死在刀下。」

葉開道：「誰的刀？」

蕭別離霍然抬起頭，盯著他，道：「你應該知道是誰的刀！世上並沒有幾個人的刀能殺得死他！」

葉開沉默。他只有沉默，因爲他的確知道那是誰的刀！

蕭別離冷冷道：「據說白大俠也是武林中的一位奇才，據說他刀法不但已獨步武林，而且可以算上是空前絕後。」

他語聲中已帶著種比刀鋒還利的仇恨之意，冷笑著道：「但他的爲人呢？他……」

葉開立刻又打斷了他的話，道：「你無權批評他的爲人，因爲你恨他。」

蕭別離道：「你錯了，我並不恨他，我根本不認得他。」

葉開道：「但你卻想殺了他。」

蕭別離道：「我的確想殺他，甚至不惜付出任何代價，你知不知道那是爲了什麼？」

葉開搖搖頭。他就算知道，也只能搖頭。

蕭別離道：「因爲仇恨和愛不一樣，仇恨並不是天生的，假如有人也將一副仇恨的擔子交給了你，你就會懂得了。」

葉開道：「可是……」

蕭別離打斷了他的話，道：「傅紅雪就一定會懂的，因爲這道理就跟他要殺馬空群一樣。」

他嘆了口氣，接著道：「傅紅雪也不認得馬空群，但卻也非殺他不可！」

葉開終於點了點頭，長嘆道：「所以那天晚上，你也到了梅花庵。」

蕭別離目光似又到了遠方，喃喃的嘆息著道：「那天晚上的雪真大……」

葉開眼睛突也露出刀鋒般的光，盯著他，道：「那天晚上的事你還記得很清楚？」

蕭別離黯然道：「我本來想忘記的，只可惜偏偏忘不了。」

葉開道：「因爲你的這雙腿就是在那天晚上被砍斷的。」

蕭別離看著自己的斷腿，淡淡道：「世上又有幾個人的刀能砍斷我的腿。」

葉開道：「他雖然砍斷了你的腿，但卻留下了你的命。」

蕭別離道：「留下我這條命的，並不是他，而是那場大雪。」

葉開道：「大雪？」

蕭別離道：「就因爲雪將我的斷腿凍住了，所以我才能活到現在，否則我連人都只怕已爛光了。」

葉開道：「所以你忘不了那場雪！」

蕭別離道：「我也忘不了那柄刀。」

他目中忽又露出種說不出的恐懼之色，那一場驚心動魄的血戰，彷彿又回到他面前。

白的雪，紅的血……血流在雪地上，白雪都被染紅。刀光也彷彿是紅的，刀光到了哪裡，哪裡就立刻飛濺起一片紅霧。

蕭別離額上已有了汗珠，是冷汗。過了很久，他才長嘆道：「沒有親眼看見的人，絕對想不到那柄刀有多麼可怕，那許多武林中的絕頂高手，竟有大半死在他的刀下。」

葉開立刻追問道：「你知道那些人是誰？」

蕭別離不知道。除了馬空群自己外，沒有人知道。

蕭別離道：「我只知道，那些人沒有一個人不恨他。」

葉開道：「難道每個人都跟他有仇？」

蕭別離冷笑道：「我就算無權批評他的人，但至少有權批評他的刀！」

他目中的恐懼之意更濃，握緊雙拳，嗄聲接著道：「那柄刀本不該在一個有血肉的凡人手裡，那本是柄只有在十八層地獄下才能煉成的魔刀。」

葉開道：「你怕那柄刀？」

蕭別離道：「我是個人，我不能不怕。」

葉開道：「所以現在你也同樣怕傅紅雪，因爲你認爲那柄刀現在已到了他手裡。」

蕭別離道：「只可惜這也不是他的運氣。」

葉開道：「哦？」

蕭別離道：「因爲那本是柄魔刀，帶給人的只有死和不幸！」

他聲音突然變得很神秘，也像是某種來自地獄中的魔咒。

葉開竟忍不住打了個寒噤，勉強笑道：「可是他並沒有死。」

蕭別離道：「現在雖然還沒有死，但他這一生已無疑都葬送在這柄刀上，他活著，已不會再有一點快樂，因爲他心裡只有仇恨，沒有別的！」

葉開忽然站起來，轉身走過去，打開了窗子。他好像忽然覺得這裡很悶，悶得令人窒息。

蕭別離看著他的背影，忽然笑了笑，道：「你知不知道我本來一直都在懷疑你！」

葉開沒有回答，也沒有回頭。

窗外夜色如墨。

蕭別離道：「我要你去殺馬空群，本來是在試探你的。」

葉開道：「哦？」

蕭別離道：「但這主意並不是我出的，那天晚上，樓上的確有三個人。」

葉開道：「還有一個是馬空群！」

蕭別離道：「就是他。」

葉開道：「丁求也是那天晚上在梅花庵外的刺客之一？」

蕭別離冷笑道：「他還不夠，他只不過是個貪財的駝子。」

葉開道：「所以你們收買了他。」

蕭別離道：「但我們卻沒有買到你，當時連我都沒有想到你會將這件事去告訴馬空群，我付出的代價並不小。」

葉開冷冷道：「那價錢的確已足夠買到很多人了，只可惜那些人現在都已變成了死人。」

蕭別離道：「他們死得並不可憐，也不可惜。」

葉開道：「可惜的是傅紅雪沒有死？」

蕭別離冷冷道：「那也不可惜，因爲我知道遲早總有一天，他也必將死在刀下。」

葉開道：「馬空群呢？」

蕭別離道：「你認爲傅紅雪能找到他？」

葉開道：「你認爲找不到？」

蕭別離道：「他本來是匹狼，現在卻已變成條狐狸，狐狸是不容易被找到的，也很不容易被殺死。」

葉開道：「你這句話皮貨店老闆一定不同意。」

蕭別離道：「爲什麼？」

葉開道：「若沒有死狐狸，那些狐皮袍子是哪裡來的？」

蕭別離說不出話來了。

葉開道：「莫忘記世上還有獵狗，而獵狗又都有鼻子。」

蕭別離突又冷笑道：「傅紅雪就算也有個獵狗般的鼻子，但是現在恐怕也只能嗅得到女人身上的脂粉香氣了。」

葉開道：「是因爲翠濃？」

蕭別離點點頭。

葉開道：「難道翠濃在他身旁，他就找不到馬空群了？」

蕭別離淡淡道：「莫忘記女人喜歡的通常都是珠寶，不是狐皮袍子。」

這次是葉開說不出話來了。

蕭別離忽又笑了，道：「其實傅紅雪是否能找到馬空群，跟我有什麼關係？又跟你有什麼關係？」

葉開又沉默了很久，才一個字一個字的慢慢說道：「只有一點關係。」

蕭別離道：「什麼關係？」

葉開忽然轉過身，凝視著他，緩緩道：「你爲何不問問我是什麼人？」

蕭別離道：「我問過，很多人都問過。」

葉開道：「現在你爲何不問？」

蕭別離道：「因爲我已知道你叫葉開，木葉的葉，開心的開。」

葉開道：「但葉開又是個什麼樣的人呢？」

蕭別離微笑道：「在我看來像是個很喜歡多管閒事的人。」

葉開忽然也笑了笑，道：「這次你錯了。」

蕭別離道：「哦？」

葉開道：「我管的並不是閒事。」

蕭別離道：「不是？」

葉開道：「絕不是！」

蕭別離看著他，看了很久，忽然問道：「你究竟是什麼人？」

葉開又笑了，道：「這句話我知道你一定會再問一次的。」

蕭別離道：「你知道的實在太多。」

葉開道：「你知道的實在太少。」

蕭別離冷笑。葉開忽然走過來，俯下身，在他耳邊低低說了幾句話。他聲音說得很輕，除了蕭別離外，誰也不能聽見他在說什麼。

蕭別離只聽了一句，臉上的笑容就忽然凍結，等葉開說完了，他全身每一根肌肉都似已僵硬。

風從窗外吹進來，燈光閃動。

閃動的燈光照在他臉上，這張臉竟似已變成了另外一個人的臉。他看著葉開時，眼色也像是在看著另外一個人。

沒有人能形容他臉上這種表情。那不僅是驚訝，也不僅是恐懼，而是崩潰……只有一個已完全徹底崩潰了的人，臉上才會有這種表情。

葉開也在看著他，淡淡道：「現在你是不是已承認了？」

蕭別離長長嘆息了一聲，整個人就像是突然萎縮了下去。

又過了很久，他才嘆息著道：「我的確知道的太少，我的確錯了。」

葉開也嘆了口氣，道：「我說過，每個人都難免會錯的。」

蕭別離悽慘的點點頭，道：「現在我總算已明白你的意思，這雖然已經太遲，但至少總比永遠都不明白的好。」

他垂下頭，看著桌上的骨牌，苦笑著又道：「我本來以爲它真的能告訴我很多事，誰知道它什麼也沒有告訴我。」

骨牌在燈下閃著光，他伸出手，輕輕摩挲。

葉開看著他手裡的骨牌，道：「無論如何，它總算已陪了你很多年。」

蕭別離嘆道：「它的確爲我解除了不少寂寞，若沒有它，日子想必更難過，所以它雖然騙了我，我並不怪它。」

葉開道：「能有個人騙騙你，至少也比完全寂寞的好。」

蕭別離悽然笑道：「你真的懂，所以我總覺得能跟你在一起談談，無論如何都是件令人愉快的事。」

葉開道：「多謝。」

蕭別離道：「所以我真想把你留下來陪陪我，只可惜我也知道你絕不肯的。」

他苦笑著，嘆息著，突然出手，去抓葉開的腕子。

他的動作本來總是那麼優美，那麼從容。但這個動作卻突然變得快如閃電，快得幾乎已沒有人能閃避。

他指尖幾乎已觸及了葉開的手腕。只聽「咔嚓」的一聲，已有樣東西被他捏碎了，粉碎！

但那並不是葉開的手腕，而是桌上裝骨牌的匣子。就在那電光石火般的一瞬間，葉開用這匣子代替了自己的腕子。

這本是個精巧而堅固的匣子，用最堅實乾燥的木頭做成的。

這種木頭本來絕對比任何人的骨頭都結實得多了，但到了他手裡，竟似突然變成了腐朽的乾酪，變成了粉末。

木屑粉末般從他指縫裡落下來。葉開的人卻已在三尺外。

過了很久，蕭別離才抬起頭，冷冷道：「你有雙巧手。」

葉開微笑道：「所以我很想留著它，留在自己的腕子上。」

蕭別離道：「你想必還有個獵犬般的鼻子。」

葉開道：「鼻子也捏不得，尤其是你這雙手更捏不得。」

摸了十幾年鐵鑄的骨牌後，無論什麼東西到了這雙手裡，都會變得不堪一捏了。

蕭別離道：「你難道真的不肯留下來陪陪我？」

葉開笑道：「這副骨牌陪了你十幾年，你卻還是把它的匣子捏碎了，豈非叫人看著寒心。」

蕭別離又長長嘆息了一聲，喃喃道：「看來你真是個無情的人。」

他身子突然躍起，以左手的鐵枴作圓心，將右手的鐵枴橫掃了出去。

沒有人能形容這一掃的威力。這麼大的一間屋子，現在幾乎已完全在他這隻鐵枴的威力籠罩下。

這一枴掃出，屋子裡就像是突然捲起了一陣狂風！

葉開的人卻已到了屋樑上。

他剛用腳尖勾住了屋樑，蕭別離突又凌空翻身，鐵枴雙舉。鐵枴裡突然暴雨般射出了數十點寒星。

斷腸針！他的斷腸針，原來竟是從鐵枴裡發出來的，他的手根本不必動，難怪沒有人能看得出了。

每一根斷腸針，都沒有人能閃避。現在他發出的斷腸針，已足夠要三十個人的命！

但葉開卻偏偏是第三十一個人。

他的人突然不見了。

等他的人再出現時，斷腸針卻已不見了。

蕭別離已又坐到他的椅子上，彷彿還在尋找著那已不存在了的斷腸針。

他不能相信。數十年來，他的斷腸針只失手過一次——在梅花庵外的那一次。

他從不相信還有第二次。但現在他卻偏偏不能不信。

葉開輕飄飄落下來，又在他對面坐下，靜靜的凝視著他。

屋子裡又恢復了平靜，沒有風，沒有針，就像是什麼都沒有發生過。

也不知過了多久，蕭別離終於嘆息了一聲，道：「我記得有人問過你一句話，現在我也想問問你。」

葉開道：「你問。」

蕭別離盯著他，一字字道：「你究竟是不是個人？算不算是一個人？」

葉開笑了。有人問他這句話，他總是覺得很愉快，因爲這表示他做出的事，本是沒有人能做得到的。

蕭別離當然也不會等他答覆，又道：「我剛才對你三次出手，本來都是沒有人能閃避的。」

葉開道：「我知道。」

蕭別離道：「但你卻連一次都沒有還擊。」

葉開道：「我爲什麼要還擊，是你想要我死，並不是我想要你死。」

蕭別離道：「你想怎麼樣？」

葉開道：「不怎麼樣。你還是可以在這裡開你的妓院，摸你的骨牌，喝你的酒。」

蕭別離雙拳突又握緊，眼角突然收縮，緩緩道：「以前我能這麼做，因爲我有目的，因爲我想保護馬空群，想等那個人來殺了他！」

他的臉已因痛苦而扭曲，嘎聲道：「現在我已沒什麼可想，我怎麼能再這樣活下去！」

葉開吐出口氣，淡淡道：「那就是你自己的事，你應該問你自己。」

他微笑著站起來，轉身走出去，他走得並不快，卻沒有回頭，也沒有停下來。

現在世上再也沒有人能令他留在這裡。

但蕭別離卻已只能留在這裡。

他已無處可去。

看著葉開走出了門，他身子突然顫抖起來，抖得就像是剛從噩夢中驚醒的孩子。

他的確剛從噩夢中驚醒，但醒來時卻比在噩夢中更痛苦。

夜更深，更靜。沒有人，沒有聲音，只有那骨牌還在燈下看著他。

他忽然抓起骨牌，用力拋出。

骨牌被拋出時，他的淚已落了下來……

一個人若已沒有理由活下去，就算還活著，也和死全無分別了。

這才是一個人最悲痛的。

絕沒有更大的。

東方已依稀現出了曙色。黑暗終必要過去，光明遲早總會來的。

青灰色的蒼穹下，已看不見煙火；無論多猛烈的火勢，也總有熄滅的時候。

救火的人已歸去，葉開站在山坡上，看著面前的一片焦土。

他心裡雖也覺得有點惋惜，卻並不覺得悲傷。因爲他知道大地是永遠不會被毀滅的，就跟生命一樣。

宇宙間永遠都有繼起的生命！大地也永遠存在。

他知道用不著再過多久，生命就又會從這片焦土上長出來。美麗的生命。

他眼前彷彿又出現了一片美麗的遠景，一片青綠。

這時風中已隱約有鈴聲傳來，鈴聲清悅，笑聲也同樣清悅。

丁靈琳已牽著那孩子向他走過來，銀鈴般笑道：「這次你倒真守信，居然先來了。」

葉開微笑著，看著這孩子。

看到這孩子充滿生命力的臉，他就知道自己的信念永遠是正確的。

他走上去，拉起這孩子的手，他要帶這孩子到一個地方去，將這孩子心裡的仇恨和痛苦埋藏在那裡。

他希望這孩子長大後，心裡只有愛，沒有仇恨！

這一代的人之所以痛苦，就因爲他們恨得太多，愛得太少。

只要他們的下一代能健康快樂的活下去，他們的痛苦也總算有了價値。

石碑上的刀痕仍在，血淚卻已乾了。

葉開拉著孩子的手跪下去，跪在石碑前。

「這是你父親的兄弟，你要永遠記著，千萬不能和這家人的後代成爲仇敵。」

「我會記得的。」

「你發誓永遠不忘記？」

「我發誓。」

葉開笑了，笑得從未如此歡愉。

「我知道你是個好孩子。」

「我想去找我爹爹和我姐姐，你帶不帶我去？」

「當然帶你去。」

「你能找到他們？」

「你要記著，只要你有信心，天下本沒有做不到的事。」

孩子也笑了。

笑容在孩子的臉上，就像是草原上馬群的奔馳，充滿了一種無比美麗的生命力，足以鼓舞人類前進。

但現在草原上卻仍是悲愴荒涼，放眼望去，天連著大地，地連著天，一片灰黯。

萬馬堂的大旗，是不是還會在這裡升上去？

風在呼嘯。

葉開大步走過寂靜的長街。

這些日子，他對這地方已很熟悉，甚至已有了感情，但現在他並沒有那種比風還難斬斷的離愁別緒。

因爲他知道他必將回來的！

廿七 出鞘一刀

秋。秋色染紅了楓林，楓林在群山深處。

三十四匹馬，二十六個人。人在馬上歡呼，歡呼著馳入楓林。馬是快馬，人更慓悍。他們的臉上卻帶著風霜，有的甚至已受了傷，可是他們不在乎，因爲這一次出獵的收穫很豐富。

他們獵的是人、別人的血汗。他們的收穫就在馬背上，是四十個沉重的銀箱子。

別人罵他們是土匪，是馬賊，是強盜，可是他們一點也不在乎。因爲他們認爲自己是好漢——綠林好漢。

綠林好漢喝酒當然要用大碗，吃肉當然要切大塊。

大碗的酒，大塊的肉，和銀鞘子一起擺在桌上，等著他們的老大分配。

他們的老大是個獨眼龍，所以他的名字就叫做獨眼龍。他喜歡用一塊黑布蒙著這隻瞎了的眼睛，因爲他覺得這樣子看來很有威嚴。事實上，他也的確是個很有威嚴的人，因爲他雖然殘忍，卻很公平。

只有公平的人，才能做個綠林好漢的老大。

何況他還有兩個隨時都肯為他拚命的好兄弟，一個勇敢，一個機智。勇敢的叫屠老虎。機智的叫白面郎中。

綠林好漢若沒有一個響亮的外號，那還成什麼綠林好漢。

所以他們幾乎已將自己本來的名字忘了。

屠老虎的頭腦本來就比一隻真老虎聰明不了多少，尤其在喝了酒之後，他簡直比老虎還笨，也比老虎還要兇。

他最兇的是拳頭。據說他一拳可以打死隻活老虎，這雖然沒有人真的看過，卻沒有人敢懷疑。

因為他一拳打死的人已不少。

這次他們出獵時，鎮遠鏢局的二鏢頭「鐵金剛」，就是被他一拳打死的。

所以這次他分的銀子最多，被人恭維的也最多。

「那個鐵金剛到了我們二寨主拳頭下，簡直就像是紙紮的。」

屠老虎大笑，覺得開心極了。

可是他忽然發現人們的笑聲都已停頓，一雙雙眼睛都在盯著大門。

他跟著看過去，笑聲也立刻停頓。他幾乎不能相信自己的眼睛。

一個人正從大門外慢慢的走進來，一個本來絕不可能在這裡出現的人。

一個女人，美麗得令人連呼吸都隨時會停頓的那種女人。

這地方叫龍虎寨，就在楓林後，四面群山環抱，奇峰矗立，看起來就像是一隻野獸，正張大了嘴在等著擇人而噬。

他們這些人，也正像是一群野獸。

誰也不願意被野獸吞下去，所以這地方非但很少看得見陌生人，連飛鳥都已幾乎絕跡。

但現在這地方竟來了個陌生的女人。

她身上穿的是件質料極高貴的墨綠百褶裙，漆黑的長髮，挽著當時最時髦的楊妃墮馬髻，滿頭珠翠，襯得她的頭髮更黑，皮膚更白。

她臉上帶著甜蜜而成熟的微笑，蓮步姍姍，慢慢的走了進來，就像是一個盛裝赴宴的貴婦，正步入一個特地爲她舉行的宴會裡。

每個人的眼睛都直了。他們並不是沒有見過女人的男人，卻實在沒見過這種女人。

他們的老大雖然清醒得最早，但老大是一向不輕易開口的。

他沉著臉，向屠老虎打了個眼色，屠老虎立刻一拍桌子，厲聲道：「你是什麼人？」

這綠裙麗人嫣然一笑，柔聲道：「各位難道看不出我是個女人？」

她的確從頭到腳都是個女人，連瞎子都能看得出她是個女人。

屠老虎板著臉，道：「你來幹什麼？」

綠裙麗人笑得更甜：「我們想到這裡來住三個月，好嗎？」

這女人莫非瘋了，竟想到強盜窩裡來住三個月？

「我希望你們能把這裡最好的屋子讓給我們住，床上的被褥最好每天換兩次。」

「……」

「我們一向是很喜歡乾淨的人，但吃得倒很隨便，每天三餐只要有牛肉就夠了，但卻要最嫩的小牛腰肉，別的地方的肉都吃不得的。」

「……」

「我們白天不大喝酒，但晚上卻希望你們準備幾種好酒，其中最好能有波斯來的葡萄酒，和三十年陳的竹葉青。」

「……」

「我們睡覺的時候，希望你們能派三班人輪流在外面守夜，但卻千萬不可發出聲音來，因爲我們很容易被驚醒，一醒就很難再睡著。」

「……」

「至於別的地方，我們就可以馬虎一點了，我知道你們本都是個粗人，所以並不想太苛求。」

「……」

大家面面相覷，聽著她一個人在自說自話，就好像在聽著瘋子唱歌似的。但她卻說得很自然，彷彿她要求的本是天經地義的事，沒有人能拒絕她。

等她說完了，屠老虎才忍不住大笑，道：「你當這裡是什麼地方？是個客棧？是個飯館？」

綠裙麗人嫣然笑道：「但是我們也並沒有準備付錢。」

屠老虎忍住笑道：「要不要我們付錢給你？」

綠裙麗人笑道：「你若不提醒，我倒差點忘了，這桌上的銀鞘子，我們當然也要分一份。」

屠老虎道：「分多少？」

綠裙麗人道：「只要分一半就行了。」

屠老虎道：「一半不嫌太少麼？」

綠裙麗人道：「我剛才說過，我們並不是十分苛求的人。」

屠老虎又仰面大笑，就像是從來也沒聽見這麼可笑的事。

每個人都在笑，只有獨眼龍和白面郎中的神色還是很嚴肅。

白面郎中的臉看來比紙還白，突然道：「你剛才說你們要來，你們有多少人？」

綠裙麗人道：「只有兩個人。」

白面郎中道：「還有一個是誰？」

綠裙麗人笑道：「當然是我丈夫，我難道還能跟別的男人住在一起麼？」
白面郎中道：「他的人呢？」
綠裙麗人道：「就在外面。」
白面郎中忽然笑了笑，道：「爲什麼不請他一起進來？」
綠裙麗人道：「他脾氣一向不好，我怕他出手傷了你們。」
白面郎中微笑道：「你不是怕我們傷了他吧？」
綠裙麗人也笑了，嫣然道：「不管怎麼樣，我們總是來作客的，不是來打架。」
白面郎中道：「這樣你就來對了，我們這裡的人本就從來不喜歡打架的。」
他忽然沉下了臉，冷冷道：「我們這裡的人，一向只殺人！」

從院子裡還可以看見那片楓林。
這個人就站在院子裡，面對著楓林外的遠山。
暮色蒼茫，遠山是青灰色的，青灰中帶著墨綠，在這秋日的黃昏裡，天地間彷彿總是充滿了一種說不出的惆悵蕭索之意。
這人的眼睛也和遠山一樣，蒼涼、迷茫、蕭索。
他背負著雙手，靜靜的站在那裡，靜靜的眺望著遠山。他的人卻似比遠山更遙遠，似已脫離了這世界。

最後的一抹夕陽，淡淡的照在他臉上。他臉上的皺紋又多又深，每一條皺紋中，都彷彿藏著有數不清的辛酸往事，痛苦經驗。

也許他已太老了，可是他的腰仍然筆挺，身子裡仍然潛伏著一種可怕的力量。

他雖然並不高，也不魁偉，但有股力量使得他看來顯得很嚴肅，令人不由自主會對他生出尊敬之意。

只可惜這裡的綠林好漢們，從來也不懂得尊敬任何人。

屠老虎第一個衝出來，第一個看見這個人。

「就是這老頭子？」

屠老虎仰天狂笑道：「我一拳若打不死他，我就拿你們當祖宗一樣養三年。」

綠裙麗人淡淡道：「你爲何不去試試？」

屠老虎大笑道：「你不怕做寡婦？」

他大笑著衝過去。他的身材魁偉，笑聲如洪鐘。

但這老人卻像是完全沒有看見，完全沒有聽見。他神情看來更蕭索，更疲倦，彷彿只想找個地方靜靜的躺下來。

屠老虎衝到他面前，又上上下下看了他幾眼，道：「你真的想到這裡來住三個月？」

老人嘆了口氣，道：「我很疲倦，這地方看來又很寧靜……」

屠老虎獰笑道：「你若真的想找個地方睡覺，就找錯地方了，這裡沒有床，只有棺材。」

老人連看都沒有看他一眼，淡淡道：「你們若不答應，我們可以走。」

屠老虎獰笑道：「既然已來了，你還想走？」

老人嘴角忽然露出一絲譏誚的笑意，道：「那麼我只好在這裡等了。」

屠老虎道：「等什麼？」

老人道：「等你的拳頭。」

屠老虎獰笑道：「你也用不著再等了。」

他突然出手，迎面一拳向老人痛擊過去。

這的確是致命的一拳，迅速、準確、有力，非常有力。拳頭還未到，拳風已將老人花白的頭髮震得飛舞而起。

老人卻沒有動，連眼睛都沒有眨。

他看著這隻拳頭，嘴角又露出了那種譏誚的笑意。然後他的拳頭也送了出去。

他的人比較矮，出拳也比較慢。可是屠老虎的拳頭距離他的臉還有三寸時，他的拳頭已打在屠老虎的鼻樑上。

每個人都聽到一聲痛苦的骨頭折碎聲。

聲音剛響起，屠老虎那一百多斤重的身子，也已被打得飛了出去。飛出去四丈外，重重的撞在牆上，再沿著牆滑下來。

他倒下去的時候，鼻樑已歪到眼睛下，一張臉已完全扭曲變形。

老人還是連看都沒有看他一眼，慢慢的取出一塊絲巾，擦乾了拳上的血跡，目光又凝視在遠山外。

他的眼睛也和遠山一樣，是青灰色的。

獨眼龍的臉色已變了。他手下的弟兄們在震驚之後，已在怒喝著，想撲上去。

但白面郎中卻阻止了他們，在獨眼龍耳畔，悄悄說了幾句話。

獨眼龍遲疑著，終於點了點頭，忽然挑起大拇指，仰面笑道：「好，好身手，這樣的客人我們兄弟請都請不到，哪有拒絕之理。」

白面郎中笑道：「小弟老早就知道大哥一定很歡迎他們的。」

獨眼龍大步走到老人面前，抱拳笑道：「不知朋友高姓大名？」

老人淡淡道：「你用不著知道我是誰，我們也不是朋友。」

獨眼龍居然面不改色，還是笑著道：「卻不知閣下想在這裡逗留多久？」

綠裙麗人搶著道：「你放心，我們說過只住三個月的。」

她嫣然一笑，接著道：「三個月後我們就走，你就算要求我們多留一天都不行。」

其實她當然也知道，絕對沒有人會留他們的。

「三個月後呢？那時再到哪裡去？」

無論如何，那已是三個月以後的事了，現在又何必想得太多呢？

他慢慢的在前面走著，左腳先邁出一步，右腿才跟著慢慢的拖過去。

他手裡緊緊握著一柄刀。漆黑的刀！

他的眼睛也是漆黑的，又黑又深，就跟這已逐漸來臨的夜色一樣。

秋夜，窄巷。就這樣走著，在無數個有月無月的晚上，他已走過無數條大街小巷。走到什麼時候爲止？

他一定要找到的人，還是完全沒有消息。他也問過無數次。

「你有沒有看見過一個老頭子？」

「每個人都看見過很多老頭子，這世上的老頭子本就很多。」

「但是這老頭子不同，他有一隻手上的四根指頭全都削斷了。」

「沒有看過，也沒有人知道這老人的消息。」

他只有繼續走下去。

她垂著頭，慢慢的跟在他身後。這並不是因爲她不想走在他身旁，而是她總覺得他不願讓她走在身旁。

雖然他從來沒有說出來過，可是他對她好像總有些輕視。

也許他輕視的並不是別人，而是自己。

她也從來沒有勸過他，叫他不要再找了，只是默默的跟著他走。

也許她心裡早已知道他是永遠找不到那個人的。

空巷外的大街上，燈火通明。

也不知爲了什麼？若不是因爲要向人打聽消息，他總是寧願留在黑暗的窄巷裡。

現在他們總算已走了出來。

她眼睛立刻亮了，美麗的嘴角也露出了笑意，整個人都有了生氣。

她跟他不同。她喜歡熱鬧，喜歡享受，喜歡被人讚美，有時也會拒絕別人，但那只不過是在抬高自己的身價而已。

她一向都懂得要怎樣才能使男人喜歡她，男人絕不會喜歡一個他看不起的女人。

這時正是酒樓飯舖生意最好的時候，你若想打聽消息，也沒有比酒樓飯舖更好的地方。這條街正是酒樓飯舖最多的一條街。

他們從窄巷裡走出來，走上這條街，忽然聽到有人大呼：「翠濃！」

兩個人剛從旁邊的酒樓下來，兩個衣著很華麗的大漢，一個人身上佩著刀，一個人腰畔佩著劍。

佩刀的人拉住了她的手。

「翠濃，你怎麼會到這裡來了？什麼時候來的？」

「……」

「我早就勸過你，不要耽在那種窮地方，像你這樣的人材，到了大城裡來，用不著兩年，我保證你就可以把金元寶一車車的裝回去。」

「……」

這佩刀的大漢顯然喝了幾杯，在街上大喊大叫，好像生怕別人不知道他跟這美麗的人有交情。

「你為什麼不說話？我們是老交情了，你難道會忘了我！」

翠濃卻只是低著頭，用眼角瞟著傅紅雪。

傅紅雪並沒有回頭，卻已停下腳，握刀的手背上已現出青筋。

佩刀的大漢回頭看了看，又看了看翠濃，終於明白了。

「難怪你不敢開口，原來你已有了個男人，但是你什麼人不好找，為什麼要找個跛子？」

這句話還沒有說完，他已發現翠濃美麗的眼睛裡忽然充滿了恐懼之色。

他跟著翠濃的目光一起看過去，就看見了另一雙眼睛。

這雙眼睛並不太大，也並不銳利，但卻帶著種說不出的冷酷之意。

佩刀的大漢並不是個懦夫，而且剛喝了幾杯酒，但這雙眼睛看著他時，他竟不由自主忽然覺得手足冰冷。

傅紅雪冷冷的看著他，看著他身上的刀，忽然道：「你姓彭？」

佩刀的大漢厲聲道：「是又怎麼樣？」

傅紅雪道：「你是山西五虎斷門刀彭家的人？」

佩刀的大漢道：「你認得我？」

傅紅雪冷冷道：「我雖然不認得你，但卻認得你的刀！」

這柄刀就和他身上的衣著一樣，裝飾華麗得已接近奢侈。刀的形狀很奇特，刀頭特別寬，刀身特別窄，刀柄上纏著五色彩緞。

佩刀的大漢挺起胸，神氣十足地大聲道：「不錯，我就是彭烈！」

傅紅雪慢慢的點了點頭，道：「我聽說過。」

彭烈面有得色，冷笑道：「你應該聽說過。」

傅紅雪道：「我也聽說過彭家跟馬空群是朋友。」

彭烈道：「我們是世交。」

傅紅雪道：「你到萬馬堂去過？」

彭烈當然去過，否則他怎麼會認得翠濃。

傅紅雪道：「你知不知道馬空群的下落？」

彭烈道：「他不在萬馬堂？」

他覺得很詫異，顯然連萬馬堂發生了什麼事都不知道。

傅紅雪輕輕嘆息了一聲，覺得很失望。

彭烈道：「你也認得三老闆？」

傅紅雪冷冷的笑了笑，目光又落在他的刀上，道：「這柄刀的確很好看。」

彭烈面上又露出得意之色，他的刀實在比傅紅雪的刀好看得多。

傅紅雪道：「只可惜刀並不是看的。」

彭烈道：「是幹什麼的？」

傅紅雪道：「你不知道刀是殺人的？」

彭烈冷笑道：「你以爲這柄刀殺不死人？」

傅紅雪冷冷道：「至少我沒有看見它殺過人。」

彭烈變色道：「你想看看？」

傅紅雪道：「的確很想。」

他的臉色也已變了，變得更蒼白，蒼白得已接近透明。

彭烈看著他的臉，竟不由自主後退了半步，忽然大笑道：「你這柄刀呢？難道也能殺人？」

他心裡愈恐懼，笑聲愈大。

傅紅雪沒有再說話。現在他若要再說話時，就不是用嘴說了，而是用他的刀！

用刀來說話，通常都比用嘴說有效。

那佩劍的是個很英俊的少年，身材很高，雙眉微微上挑，臉上總是帶著種輕蔑之色，好像很難得將別人看在眼裡。

他一直在旁邊冷冷的看著，這時竟忽然嘆了口氣，道：「以前也有人說過這句話。」

彭烈道：「說過什麼話？」

佩劍的少年道：「說他這柄刀不能殺人。」

彭烈道：「是什麼人說的？」

佩劍的少年道：「是個現在已經死了的人。」

彭烈道：「是誰？」

佩劍的少年，道：「公孫斷！」

彭烈聳然失色，道：「公孫斷已死了？」

佩劍的少年道：「就是死在這柄刀下的。」

彭烈額上忽然沁出了冷汗。

佩劍的少年道：「而且三老闆也已經被逼出了萬馬堂。」

彭烈道：「你……你怎麼知道？」

佩劍的少年道：「我剛從西北回來。」

傅紅雪的眼睛已在盯著他，忽然問道：「去幹什麼的？」

佩劍的少年道：「去找你。」

這次傅紅雪也不禁覺得很意外。

佩劍的少年又道：「我想去看看你。」

傅紅雪道：「特地去看我？」

佩劍的少年道：「不是去看你的人，而是去看你的刀！我只想看看你的刀究竟有多快！」

傅紅雪握刀的手突然握緊，蒼白的臉幾乎已完全透明。

佩劍的少年道：「我姓袁，叫袁青楓，袁家和萬馬堂也是世交。」

傅紅雪又慢慢的點了點頭，道：「我明白了。」

袁青楓道：「你應該明白的。」

傅紅雪道：「你現在是不是還想看看我的刀？」

袁青楓道：「是。」

傅紅雪垂下頭，凝視著自己握刀的手。

袁青楓道：「你還不拔刀？」

傅紅雪道：「好，先拔你的劍！」

袁青楓道：「天山劍派的門下，從來還未向人先拔過劍！」

傅紅雪臉上忽然出現了種很奇怪的表情，喃喃道：「天山……天山……」

他目光已在眺望著遠方，眼睛裡彷彿已充滿了思念和悲哀。

袁青楓道：「拔你的刀！」

傅紅雪握刀的手更用力。他左手握刀，右手忽然握住了刀柄。

彭烈竟又不由自主後退了半步，翠濃美麗的眼睛似已因興奮而燃燒起來。

袁青楓的臉上，雖然還是全無表情，但他的手也不禁握住了劍柄。

「天山……天山……」

忽然間，刀光一閃！

只一閃！

等到人的眼睛看見這比閃電還快的刀光時，刀已又回到刀鞘裡。

有風吹過，一根根紅絲飛起。

袁青楓劍上的紅絲絛卻已赫然斷了。

傅紅雪還是低著頭，看著自己握刀的手，道：「現在你已看過了。」

袁青楓臉上還是全無表情，但額上卻已有冷汗流下來了。

傅紅雪道：「我這柄刀本不是看的，但卻為你破例了一次。」

袁青楓什麼話都沒有再說，慢慢的轉過身，走入酒樓旁的窄巷裡。

他還沒有看見傅紅雪的刀，只不過看見了刀光。

但這已足夠。

人已去了，血紅的絲絛卻還有一兩條留在風中。

彭烈握刀的手已濕透。

傅紅雪轉過頭來，凝視著他，道：「我的刀你已看過？」

彭烈點點頭。

傅紅雪道：「現在我想看看你的刀。」

彭烈咬著牙，咬牙的聲音，聽來就像是刀鋒磨擦一樣。

突聽一人道：「這把刀不好看。」

路上剛有頂轎子經過，現在已停下，這聲音就是從轎子裡發出來的。

是女人的聲音，很好聽的女人聲音，但卻看不見她的人。

轎上的簾子是垂著的。

傅紅雪冷冷道：「這柄刀不好看？什麼好看？」

轎子裡的人笑道：「我就比這柄刀好看。」

她不但笑聲如銀鈴，而且真的好像有鈴鐺「叮鈴鈴」的響。

清脆的鈴聲中，轎子裡已有個人走下來，就彷彿一朵白蓮開放。

她穿的是件月白衫子，頸子上，腕子上，甚至連足踝上都掛滿了帶著金圈子的鈴鐺。

丁靈琳。

傅紅雪眉尖已皺起，道：「是你？」

丁靈琳眼波流動，嫣然道：「想不到你居然還認得我。」

其實傅紅雪根本不認得她，只不過看見過她跟葉開在一起。

丁靈琳笑道：「我說這把刀不好看，因爲這並不是真正的五虎斷門刀。」

傅紅雪道：「不是？」

丁靈琳道：「你若要看真正的五虎斷門刀，就該到關中的五虎莊去。」

她忽又轉身向彭烈一笑，道：「現在他一定不想再看你的刀，你還是快去喝酒吧，小葉一定已經等得急死了。」

傅紅雪道：「小葉？」

丁靈琳道：「今天晚上小葉請客，我們都是他的客人。」

她嬌笑著，接著道：「他不喜歡死客人，也不喜歡客人死。」

傅紅雪道：「葉開？」

丁靈琳道：「除了他還有誰？」

傅紅雪道：「他也在這裡？」

丁靈琳道：「就在那邊的天福樓，看見你去了，他一定開心得要命！」

傅紅雪冷冷道：「他看不見我的。」

丁靈琳道：「你不去？」

傅紅雪道：「我不是他的客人。」

丁靈琳嘆了口氣，道：「你若不去，也沒有人能勉強你，只不過……」

她用眼角瞟著傅紅雪，悠然道：「他今天請的客人，消息全都靈通得很，若要打聽什麼消息，到那裡去是再好也沒有的了。」

傅紅雪沒有再說什麼。

他已轉身向天福樓走了過去，似已忘記了還有個人在等他。

丁靈琳看了翠濃一眼，又嘆了口氣，道：「他好像已忘記你了。」

翠濃笑了笑，道：「但是我並沒有忘記他。」

丁靈琳眨了眨眼，道：「他為什麼不帶你去？」

翠濃柔聲道：「因為他知道我自己會跟著去的。」

她果然跟著去了。

丁靈琳看著她苗條的背影，婀娜的風姿，喃喃道：「看來這才是對付男人最好的法子。」

她說話的聲音並不高，翠濃的耳朵很尖，忽又回眸一笑，道：「你為什麼不學學我呢？」

丁靈琳嫣然一笑，道：「因為這種人盯人的法子本是我創出來的。」

天福樓上的客人很多，每個人的衣著都很考究，氣派都很大。

丁靈琳並沒有替葉開吹牛，真正消息靈通的人，當然都是有地位，有辦法的人。

能請到這種人並不容易，何況一下子就請了這麼多人。

兩個多月不見，葉開好像也突然變成個很有辦法的人了。

他身上穿的是五十兩銀子一件的袍子，腳上著的是粉底官靴，頭髮梳得又黑又亮，還戴著花花大少們最喜歡戴的那種珍珠冠。

這人以前本來不是這樣子的，傅紅雪幾乎已不認得他了。

但葉開卻還認得他。

他一上樓，葉開就一眼看見了他。

燈火輝煌。

傅紅雪的臉在燈下看來卻更黑。

已經有很多人看見了這柄刀，先看見這柄刀，再看見他的人。

傅紅雪眼睛裡卻好像連一個人都沒有看見。

葉開已到了他面前，也帶著笑在看他。

只有這笑容還沒有變，還是笑得那麼開朗，那麼親切。

也許就因爲這一點，傅紅雪才看了他一眼，冷冷的一眼。

葉開笑道：「真想不到你會來。」

傅紅雪道：「我也想不到。」

葉開道：「請坐。」

傅紅雪道：「不坐。」

葉開道：「不坐？」

傅紅雪道：「站著也一樣可以說話。」

葉開又笑了，道：「我知道你要說什麼。」

傅紅雪道：「你知道？」

葉開點點頭，又嘆道：「只可惜我也沒有聽過那人的消息。」

傅紅雪沉默著，過了很久，突然道：「再見。」

葉開道：「不喝杯酒？」

傅紅雪道：「不喝。」

葉開笑道：「一杯酒絕不會害人的。」

傅紅雪道：「但我卻絕不會請你喝酒。」

葉開苦笑道：「我碰過你的釘子。」

傅紅雪道：「我也絕不喝你的酒。」

葉開道：「我們不是朋友？」

傅紅雪道：「我沒有朋友。」

他忽然轉過身，走出去，左腳先邁出一步，右腿再跟著慢慢的拖過去。

葉開看著他的背影，笑容已變得有些苦澀。

可是，傅紅雪並沒有走下樓，因爲這時丁靈琳正和翠濃從樓梯走上來。

樓梯很窄。

翠濃站在樓梯口，似已怔住，她已看見了葉開，葉開正在看著她。

傅紅雪也在看著她，丁靈琳卻在看著葉開。

四雙眼睛裡的表情全都不同，沒有人能形容他們此刻的表情。

幸好翠濃很快就垂下了頭。

但葉開還是在盯著她。

丁靈琳走上來，傅紅雪走下去。

翠濃也無言的轉過身，跟著他走下去，沒有再看葉開一眼。

但葉開卻還是在盯著那空了的樓梯口，癡癡的出了神。

丁靈琳忍不住拍他的肩，冷冷道：「人家已走了。」

葉開道：「哦？」

丁靈琳道：「跟著你的朋友走了。」

葉開道：「哦。」

丁靈琳冷冷道：「你若想橫刀奪愛，可得小心些，因爲那個人的刀也很快。」

葉開笑了。

丁琳也在笑，卻是冷笑，冷笑著道：「只不過那個女人的確不難看，聽說她以前就是靠這張臉賺錢的，你的錢大概也被她賺了不少。」

葉開道：「你以爲我在看她？」

丁靈琳道：「你難道沒有？」

葉開道：「我只不過在想……」

丁靈琳道：「在心裡想比用眼睛更壞。」

葉開嘆了口氣，道：「我心裡在想什麼，你永遠不會相信的。」

丁靈琳眼珠子一轉，道：「我相信，只要你告訴我，我就相信。」

葉開嘆道：「我只希望她真的喜歡傅紅雪，真的願意一輩子跟著他，否則……」

丁靈琳道：「否則怎麼樣？」

葉開目中似乎有些憂鬱之色，緩緩道：「否則也許我就不得不殺了她！」

丁靈琳道：「你捨得？」

葉開淡淡道：「我本不是個憐香惜玉的人。」

丁靈琳咬著嘴唇，用眼角瞟著他，輕輕道：「我知道你是個什麼樣的人。」

葉開道：「哦？」

丁靈琳道：「你是個口是心非的小色鬼，所以你說的話我一個字也不相信。」

葉開又笑了，卻是苦笑。

就在這時，突然樓下有人在高呼：「葉開，葉開……」

一個紫衣笠帽的少年，剛縱馬而來，停在天福樓外，用一隻手勒緊韁繩，另一隻手卻在剝著花生。

站在窗口的人，一轉頭就看到了他，也看到了他斜插在腰帶上的那柄劍。

一柄沒有鞘的劍，薄而鋒利。

有的人已在失聲驚呼：「路小佳！」

路小佳這三個字竟似有種神秘的吸引力，聽到這名字的人，都已趕到窗口。

葉開也趕過來，笑道：「不上來喝杯酒？」

路小佳仰起了臉，道：「你吃不到我的花生，爲何要請我喝酒？」

葉開道：「那是兩回事。」

他轉身拿起桌上一杯酒，拋過去。

這杯酒就平平穩穩的飛到路小佳面前，就像是有人在下面托著一樣。

路小佳笑了笑，手指輕輕一彈，酒杯彈起，在空中翻了個身。

杯中的酒就不偏不倚恰好倒在路小佳嘴裡。

路小佳笑道：「好酒。」

葉開道：「再來一杯？」

路小佳搖搖頭，道：「我只想來問問你，你是不是也接著了帖子？」

葉開道：「昨天才接到。」

路小佳道：「你去不去？」

葉開道：「你知道我是一向喜歡湊熱鬧的。」

路小佳道：「好，我們九月十五，白雲莊再見。」

他捏開花生，拋起，正準備用嘴去接。

誰知葉開的人已飛了出去，一張嘴，接著了這顆花生，凌空倒翻，輕飄飄的又飛了回來，大笑道：「我總算吃到了你的花生了。」

路小佳怔了怔，突也大笑，大笑著揚鞭而去，只聽他笑聲遠遠傳來，道：「好小子，這小子真他媽的是個好小子。」

麵已經涼了。麵湯是混濁的，上面飄著幾根韮菜。

只有韮菜，最粗的麵，最粗的菜，用一隻缺了口的粗碗裝著。

翠濃低著頭，手裡拿著雙已不知被多少人用過的竹筷子，挑起了幾根麵，又放下去。

她雖然已經很餓，但這碗麵卻實在引不起她的食慾來。

平時她吃的麵通常是雞湯下的，裝麵的碗是景德鎮來的瓷器。

看著面前的這碗麵，她忍不住輕輕嘆了口氣，放下筷子。

傅紅雪碗裡的麵已吃光了，正在靜靜的看著她，忽然道：「你吃不下？」

翠濃勉強笑了笑，道：「我……不餓。」

傅紅雪冷冷道：「我知道你吃不慣這種東西，你應該到天福樓去的。」

翠濃垂著頭，輕輕的道：「你知道我是不會去的，我……」

傅紅雪道：「你是不是怕別人不歡迎？」

翠濃搖搖頭。

傅紅雪道：「你爲什麼不去？」

翠濃慢慢的抬起了頭，凝視著他，柔聲道：「因爲你在這裡，所以我也在這裡，別的無論什麼地方我都不會去。」

傅紅雪不說話。

翠濃悄悄的伸出手，輕撫著他的手——那隻沒有握刀的手。

她的手柔白纖美。她的撫摸也是溫柔的，溫柔中又帶著種說不出的挑逗之意。

她懂得怎麼樣挑逗男人。

傅紅雪忽然甩開了她的手，冷冷道：「你認得那個人？」

翠濃又垂下頭，道：「只不過……只不過是個普通客人。」

傅紅雪道：「什麼叫普通客人？」

翠濃輕輕道：「你知道我以前……在那種地方，總免不了要認得些無聊的男人。」

傅紅雪目中已露出痛苦之色。

翠濃道：「你應該原諒我，也應該知道我根本不想理他。」

傅紅雪的手握緊，道：「我只知道你一直都在死盯著他。」

翠濃道：「我什麼時候死盯著他了，只要看他一眼，我就噁心得要命。」

傅紅雪道：「你噁心？」

翠濃道：「我簡直恨不得你真的殺了他。」

傅紅雪又冷笑，道：「你以爲我說的是那個姓彭的？」

翠濃道：「你不是說他？」

傅紅雪冷笑道：「我說的是葉開。」

翠濃怔住。

傅紅雪道：「你是不是也認得他？他是不是個普通的客人？」

翠濃臉上也露出痛苦之色，淒然道：「你爲什麼要說這種話？你是在折磨我？還是在折磨你自己？」

傅紅雪蒼白的臉已因激動而發紅，他勉強控制著自己，一字字道：「我只不過想知道，你是不是認得他而已。」

翠濃道：「就算我以前認得他，現在也已經不認得了。」

傅紅雪道：「爲什麼？」

翠濃道：「因爲現在我只認得你一個人，只是認得你。」

她又伸出手，用力握住了他的手。

傅紅雪看著她的手，神色更痛苦，道：「只可惜我不能讓你過你以前過慣的那種日子，你跟著我，只能吃這種麵。」

翠濃柔聲道：「這種麵也沒什麼不好。」

傅紅雪道：「但你卻吃不下去。」

翠濃道：「我吃。」

她又拿起筷子，挑起了碗裡的麵，一根根的吃著，看她臉上勉強的笑容，就像是在吃毒藥似的。

傅紅雪看著她，突然一把奪過她的筷子，大聲道：「你既然吃不下，又何必吃？……我又沒有勉強你。」

他聲音已因激動而嘶啞，手也開始發抖。

翠濃眼睛已紅了，眼淚在眼睛裡打著滾，終於忍不住道：「你何必這樣子對我？我……」

傅紅雪道：「你怎麼樣？」

翠濃咬了咬牙，道：「我只不過覺得我們根本不必過這種日子的。」

她嘆息著，柔聲道：「你帶出來的錢雖然已快用完了，但是我還有。」

傅紅雪胸膛起伏著，嗄聲道：「那是你的，跟我沒有關係。」

翠濃道：「連我的人都已是你的，我們爲什麼還要分得這麼清楚？」

傅紅雪蒼白的臉已通紅，全身都已因激動而顫抖，一字字道：「但你爲什麼不想想，你的錢有多髒？我只要一想起你那些錢是怎麼來的，我就要吐。」

翠濃的臉色也變了，身子也開始發抖，用力咬著嘴唇道：「也許不但我的錢髒，我的人也是髒的。」

傅紅雪道：「不錯。」

翠濃道：「你用不著叫我想，我已想過，我早已知道你看不起我。」

她嘴唇已咬出血來，嘶聲接著道：「我只希望你自己也想想。」

傅紅雪道：「我想什麼？」

翠濃道：「你爲什麼不想想，我是怎麼會做那種事的？我爲了誰？我……我這又是何苦？」

她雖然儘力在控制著自己，還是已忍不住淚流滿面，忽然站起來，流著淚道：「你既然看不起我，我又何必定要纏著你，我……」

傅紅雪道：「不錯，你既然有一串串的銀子可賺，爲什麼要跟著我，你早就該走了。」

翠濃道：「你真的不要我？」

傅紅雪道：「是的。」

翠濃道：「好，好，好……你很好。」

她突然用手掩著臉，痛哭著奔出去。

傅紅雪沒有阻攔她，也沒有看她。

她已衝出去，「砰」的，用力關上了門。

傅紅雪還是動也不動的坐著。他身子也不再顫抖，但一雙手卻已有青筋凸出，額上已有冷汗流下。可是他突然倒了下去，倒在地上不停的抽搐，痙攣，嘴角吐出了白沫。然後他就開始在地上打著滾，像野獸般低嘶著，喘息著……就像是一隻在垂死掙扎著的野獸。

門又開了。

翠濃又慢慢的走了進來。她面上淚痕竟已乾了，乾得很快，眼睛裡竟似在發著光。但是她的手卻又在顫抖。那絕不是因爲痛苦而顫抖，而是因爲興奮！緊張！她眼睛盯著傅紅雪，一步步走過去……突然間，她聽到一種奇怪的聲音。咀嚼的聲音！

一個人不知何時已從窗外跳進來，正倚在窗口，咀嚼著花生。

路小佳！

翠濃臉色變了，失聲道：「你來幹什麼？」

路小佳道：「我不能來？」

翠濃道：「你想來殺他？」

路小佳笑了笑，淡淡道：「是我想殺他？還是你想殺他？」

翠濃臉色又變了變，冷笑道：「你瘋了，我爲什麼想殺他？」

路小佳嘆了口氣：道：「女人若要殺男人，總是能找出很多理由來的。」

翠濃忽然擋在傅紅雪前面，大聲道：「不管你怎麼說，我也不許你碰他。」
路小佳冷冷道：「就算你請我碰他，我也沒興趣，我從來不碰男人的。」
翠濃道：「你只殺男人？」
路小佳答道：「我也從來不殺一個已經倒下去的男人。」
翠濃道：「你究竟是來幹什麼的？」
路小佳道：「只不過來問問你們，有沒有接到帖子而已？」
翠濃道：「帖子？什麼帖子？」
路小佳又嘆了口氣，道：「看來你們的交遊實在不夠廣闊。」
翠濃道：「我們用不著交遊廣闊。」
路小佳道：「不交遊廣闊怎麼能找到人？」
他突然拔劍，眨眼間就在牆上留下了八個字！
「九月十五，白雲山莊。」
翠濃道：「這是什麼意思？」
路小佳笑了笑，道：「這意思就是，我希望你們能在九月十五那天，活著到白雲山莊去，死人那裡是不歡迎的。」
一陣風吹過，窗台上有樣東西被吹了下來，是個花生殼。路小佳的人卻似已被吹走了。
風吹木葉，簌簌的響，傅紅雪的喘息卻已漸漸平靜下來。

翠濃癡癡的站在那裡，怔了許久，終於俯下身，抱起了他。

她的懷抱溫暖而甜蜜。她一向懂得應該怎麼樣去抱男人。

廿八　有女同行

九月十四。土王用事，曲星。宜沐浴，忌出行。沖虎煞南，晴。

黃昏。

官道旁有個茶亭。

並不是每個茶亭都只供應茶水，有些茶亭中也有酒；茶是免費的，酒卻要用錢買。

這茶亭裡有四種酒，都是廉價的劣酒，而且大多是烈酒。除了酒之外，當然還有廉價的食物，豆乾、滷蛋、饅頭、花生。

茶亭四面的樹蔭下擺著些長板凳，很多人早就在板凳上，蹺著腳，喝著酒，剝著花生。

傅紅雪卻在看別人剝著花生，似已看得出了神。有的人正在用花生和豆乾配酒，有些人正在用花生和豆乾配饅頭。花生和豆乾，本來就好像說相聲的一樣，一定要一搭一檔才有趣，分開來就淡而無味了。但他卻只要豆乾，拒絕花生。好像花生只能看，不能吃的。

翠濃忍不住悄悄道：「你還在想那個人？」

傅紅雪閉著嘴。

翠濃道：「就因爲他喜歡吃花生，所以你不吃？」

傅紅雪還是閉著嘴。

翠濃嘆了口氣，道：「我知道……」

傅紅雪突然道：「你知道什麼？」

翠濃道：「你的病發作時，不願被人看見，但他卻偏偏看見了，所以你恨他。」

傅紅雪又閉起了嘴，閉得很緊，就和他握刀的手一樣緊。除了他之外，這裡很少有人帶刀。也許就因爲這柄刀，所以大家都避開了他，坐得很遠。

翠濃又嘆了一口氣，道：「九月十五，白雲莊，他爲什麼要在九月十五這天到白雲莊去呢？我真不明白……」

傅紅雪冷冷道：「你不明白的事很多。」

翠濃道：「但是我卻不能不想。」

傅紅雪道：「想什麼？」

翠濃道：「他要我們去，一定沒什麼好意，所以我更不懂你爲什麼一定偏偏要去。」

傅紅雪道：「沒有人要你去。」

翠濃垂下頭，咬著嘴唇，不說話了。她已不能再說，也不敢再說。

茶亭外的官道旁，停著幾輛大車，幾匹騾馬。到這裡來的，大多是出賣勞力的人，除了喝幾杯酒外，生命中並沒有太多樂趣。幾杯酒下肚後，這世界立刻就變得美麗多了。

一個黝黑而健壯的小伙子，剛剛下了他的大車走進來，帶著笑跟幾個伙伴打過招呼，就招呼這裡的老闆，叫道：「王聾子，給我打五斤酒，切十個滷蛋，今天我要請客。」

王聾子其實並不聾，只不過有人要欠帳時，他就聾了。

他斜著白眼，瞧著那小伙子，冷冷的道：「你小子瘋了？」

小伙子瞪眼道：「誰說我瘋了？」

王聾子道：「沒有瘋好好的請什麼客？」

小伙子道：「今天我發了點小財，遇見了個大方客人。」

他故作神秘的笑了笑，又道：「提起這個人來，倒真是大大的有名。」

於是大家立刻都忍不住搶著問：「這人是誰？」

小伙子又笑了笑，搖著頭道：「我說出來，你們也未必聽說過。」

「這是什麼話？」

「既然大大的有名，我們為什麼沒聽說過？」

「因為你們還不配。」

「我們不配，你配？」

「我若不是有個堂兄在鏢局裡做事，我也不會聽說的。」

「你少賣關子好不好，那人倒底是姓什麼？叫什麼？」

小伙子蹺起了泥腳，悠然道：「他姓路，叫做路小佳。」

傅紅雪本已站起來要走，突又坐了下去。

幸好別的人都沒有注意他，都在問：「這路小佳是幹什麼的？」

「是個刺客。」

他故意壓低了語聲，但聲音又剛好能讓每個人都聽得見。

「刺客？」

「刺客的意思就是說，你只要給他銀子，他就替你殺人，據說他殺一個人至少也要上萬兩的銀子。」

每個人都瞪大了眼睛，幾乎連氣都喘不過來了。

「我堂兄那家鏢局的總鏢頭，就是被他殺了的。」

「你說的是上半年剛做過喪事的那位鄧大爺？」

「不錯，他出喪的那天，你們都去了，每個人都得了五兩銀子，是不是？」

「嗯，那天的氣派真不小。」

「所以你們總該看得出，他活著時當然也是個很了不起的人，可是他遇見這位路大爺，連刀都沒拔出來，就被人家一劍刺穿了喉嚨。」

「你怎麼知道的？」

「我堂兄在旁邊親眼看見的，就因爲他一回去就把這位路大爺的樣子告訴了我，所以今天我才認出了他——倒也不是認出了他的人，是認出了他的劍。」

「他的劍有什麼特別？」

「他的劍沒有鞘，看來就像是把破銅爛鐵，但我堂兄卻告訴我，他這一輩子從來也沒有看見過這麼可怕的劍了。」

大家驚嘆著，卻還是有點懷疑。

「人家殺個人就能賺上萬兩的銀子，怎麼會坐上你的破車？」

「他的馬蹄鐵磨穿了，我剛巧路過，從前面的清河鎮到白雲莊這麼點路，他就給了我二十兩。」

「看來你這小子的造化真不錯。」

大家驚訝著，嘆息著，又都有點羨慕：「不吃白不吃，今天我們若不吃他個三五兩銀子，這小子回去怎麼睡得著？」

突然一人道：「要請客也得請我。」

這人就躺在後面的樹蔭下，躺在地上，用一頂連邊都破了的馬連坡大草帽蓋著臉。

他不但帽子是破的，衣服也又髒又破，看來連酒都喝不起，所以只有躺在那裡乾睡。

有的人已皺起眉頭在嘀咕：「請你，憑什麼請你？」

那小伙子卻笑道：「四海之內皆兄弟，就請請你也沒什麼，朋友你既然要喝酒，就請起來吧。」

這人冷冷道：「我雖然喝你的酒，卻不是你的朋友，你最好記著。」

他把帽子往頭上一推，懶洋洋的站了起來，赫然竟是條身高八尺的彪形大漢，肩膀幾乎有平常人兩個寬，一雙蒲扇般的大手垂下來，幾乎已蓋過了膝蓋，臉上顴骨高聳，生著兩道掃帚般的濃眉，一張大嘴。

他身上穿的衣服雖然又髒又破，但這一站起，可是威風凜凜，叫人看著害怕。

本來已經有人要教訓他了，問他爲什麼要喝人家的酒，卻不承認人家是朋友。

現在哪裡還有人敢開口的。

王聾子剛把五斤酒，十個滷蛋搬出來，這人就走過去，道：「這一份歸我。」

他說的話好像就是命令，既簡單，又乾脆。只見他抓起兩個蛋，往嘴裡一塞，三口兩口就吞了下去。吃兩個蛋，喝一口酒，眨眼間五斤酒十個蛋就全下了肚。大家在旁邊看著，眼珠子都快掉了下來。

他喝完最後一口酒，才總算停下來歇口氣，懶洋洋的摸著肚子，道：「照這樣再來一份。」

王聾子又嚇了一跳，失聲道：「再來一份？」

大漢沉下了臉，厲聲道：「我說的話你聽不見？」

這一聲大喝，就像是半空中打下個霹靂，連聾子的耳朵都要被震破。

那小伙子正蹺著腳坐在旁邊的凳子上，竟被他嚇得跌了下去。大漢伸出蒲扇般的大手，像抓小雞似的把他從地上抓了起來，忽然對他咧嘴一笑，道：「你怕什麼？怕請客？」

他不笑還好，這一笑起來，一張嘴幾乎已裂到耳朵根子，看來就像是廟裡的金剛惡鬼。

小伙子臉都嚇白了，吃吃道：「我……我……」

大漢道：「你不請，我請。」

他隨手一掏，就掏出錠銀子來，竟是五十兩一錠的大元寶。小伙子的眼睛又發了直。

大漢道：「這錠銀子全是你的了，但明天一早，你就得在這裡等著，載我去白雲莊，你若敢誤了我的事，你的腦袋就會變得像這錠銀子一樣。」

他的手一用力，手裡的銀子竟被捏得像團爛泥。

小伙子剛站起來，又嚇得一跤跌倒。大漢仰面大笑，將銀子往這小伙子面前一拋，頭也不回的揚長而去。

他走得雖不快，但一步邁出去就是四五丈，眨眼間就已消失在暮色裡，只聽一陣悲壯蒼涼的歌聲自秋風中傳來：

「九月十五月當頭，
月當頭兮血可流，
流不盡的英雄淚，
殺不盡的仇人頭……」

歌聲也愈來愈遠，終於聽不見了。

傅紅雪癡癡的出了半晌神，忽然仰天長嘆，道：「好一個殺不盡的仇人頭！」

凌晨。東方剛現出魚肚白色，大地猶在沉睡。茶亭裡已沒有人了，王聾子晚上並不睡在這裡，現在這裡只有那小伙子的大車還停在樹下，他的人已蜷曲在車上睡著。

他生怕自己來遲了，那兇神般的大漢會將他腦袋捏成爛泥。

風很冷，大地蒼茫，遠處剛傳來一兩聲雞啼。

一個人慢慢的從熹微的曉色中走過來，左腳先邁出一步，右腿再跟著拖上去。

一個苗條美麗的女人，手裡提著個包袱，垂著頭跟在他身後。

風吹著木葉，晨霧剛升起。

霧也是冷的。

冷霧，曉風，殘月。

傅紅雪在茶亭上停下來，回頭看著翠濃。

翠濃的臉也是蒼白的，雖然拉緊了衣襟，還是冷得不停發抖。

在霧中看來，她顯得更美，但神色間卻已顯得有些疲倦、憔悴。

傅紅雪靜靜的看著她，冷漠的目光已漸漸變得溫柔，忍不住輕輕嘆息了一聲，道：「你累了。」

翠濃柔聲道：「累的應該是你，你本該多睡一會兒的。」

傅紅雪道：「我睡不著，可是你……」

翠濃垂下頭嫣然一笑，道：「你睡不著，我怎麼能睡得著？」

傅紅雪忍不住走過去，拉住了她的手。

她的手冰冷。

傅紅雪黯然道：「還沒有找到馬空群之前，我絕不能回去，也沒有臉回去。」

翠濃道：「我知道。」

傅紅雪道：「所以我只有要你陪著我吃苦。」

翠濃抬起頭，凝視著他，柔聲道：「你應該知道我不怕吃苦，什麼苦我都吃過。」

她拉起傅紅雪的手，貼在自己臉上，輕輕道：「只要你能對我好一點，不要看不起我，就算叫我死，我也願意。」

傅紅雪又長長嘆息了一聲，道：「我實在對你不好，我自己也知道，所以那天你就算真的走了，我也不會怪你的。」

翠濃道：「可是我怎麼會走？就算你用鞭子來趕我，我也不會走的。」

傅紅雪忽然笑了。

他的笑容就像是冰上的陽光，顯得分外燦爛，分外輝煌。

翠濃看著他的笑容，竟似有些癡了，過了很久，才嘆息著道：「你知道我最喜歡的是什麼？」

傅紅雪搖搖頭。

翠濃道：「我最喜歡看到你的笑，但你卻偏偏總是不肯笑。」

傅紅雪柔聲道：「我會常常笑給你看的，只不過，現在……」

翠濃道：「現在還不到笑的時候？」

傅紅雪慢慢的點了點頭，忽然改變話題，道：「那個人爲什麼還不來？」

他彷彿總不願將自己的情感表露得太多，彷彿寧願被人看成個冷酷的人。

翠濃失望的嘆了口氣，勉強笑道：「你放心，我想他絕不會不來的。」

傅紅雪沉吟著，道：「你看他是個怎麼樣的人？」

翠濃道：「我看他一定是路小佳的仇人，既然已知道路小佳在白雲莊，他怎麼會不去？」

傅紅雪抬起頭，遙望著已將在冷霧中逐漸消失的曉月喃喃道：「今天已經是九月十五了，今天究竟會發生些什麼事？……」

有風吹過，突聽一陣歌聲隱隱隨風而來：

「流不盡的英雄血，

殺不盡的仇人頭，

頭可斷，血可流，

仇恨難罷休……」

歌聲在這愁煞人的秋晨中聽來，顯得更蒼涼，更悲壯。

翠濃動容道：「果然來了。」

傅紅雪道：「嗯。」

翠濃道：「我們要不要先躲一躲？」

傅紅雪冷冷道：「我從來不逃，也從來不躲。」

只聽遠處有人大笑，道：「好一個從來不逃，從來不躲，這才是真正的男子漢。」

翠濃嘆了口氣，苦笑道：「這人的耳朵好尖。」

這句話剛說完，那大漢已邁著大步，走到他們面前，頭上還是戴著那頂破舊的大草帽，手裡卻多了個漆黑發亮的酒葫蘆，看著傅紅雪大笑道：「果然是你，我就知道你一定也會在這裡等的。」

傅紅雪道：「你知道？」

大漢道：「我不知道誰知道？」

他揚起臉，將酒葫蘆湊上嘴，「咕嘟咕嘟」的喝了幾大口，忽然沉下了臉，厲聲道：「我既已來了，你爲何還不動手？」

傅紅雪怔了怔，道：「我爲什麼要動手？」

大漢道：「來取我項上的人頭。」

傅紅雪道：「我為什麼要取你項上的人頭？」

大漢仰天笑道：「薛果縱橫天下，殺人無算，有誰不想要我這顆大好頭顱？」

傅紅雪道：「我不想。」

這次是大漢怔住。

傅紅雪道：「我根本不認得你。」

大漢冷笑道：「薛果仇家雖遍佈天下，認得我的卻早已被我殺光了，還能活著來殺我的，本就已只剩下些不認得的。」

傅紅雪道：「你常常等著別人來殺你？」

大漢道：「不錯。」

傅紅雪淡淡道：「只可惜這次你卻要失望了。」

大漢皺眉道：「你不是在這裡等殺我的？」

傅紅雪道：「我已立誓殺人絕不再等。」

大漢道：「你說的不錯，殺人的機會本就是稍縱即逝，錯過了實在可惜，實在是等不得的！」

傅紅雪冷冷道：「所以你若是我的仇人，我昨夜就已殺了你！」

大漢道：「所以我並不是你的仇人？」

傅紅雪道：「不是。」

大漢忽又大笑，道：「看來我運氣還不錯，看來做你的仇人並不是件愉快的事。」

傅紅雪道：「絕不是。」

大漢道：「做你的朋友呢？」

傅紅雪道：「我沒有朋友。」

大漢道：「連薛大漢也做不了你的朋友？」

傅紅雪道：「薛大漢？」

大漢笑道：「我就是薛大漢。」

傅紅雪道：「我還是不認得你。」

薛大漢道：「你也不想認得我？」

傅紅雪道：「不想。」

薛大漢又嘆了口氣，喃喃道：「既不想要我人頭，也不想做我朋友，這種人倒少見得很。」

傅紅雪道：「本來就少見得很。」

薛大漢道：「你想要什麼？」

傅紅雪道：「只想跟著你的大車，到白雲莊去。」

薛大漢道：「就這樣？」

傅紅雪道：「就這樣。」

薛大漢道：「好，上車吧。」

傅紅雪道：「我不上車。」

薛大漢又怔了怔，道：「爲什麼又不上車了？」

傅紅雪道：「因爲我沒有五十兩銀子付車錢。」

薛大漢道：「你難道要跟在車子後面走？」

傅紅雪道：「你坐你的車，我走我的路，我們本就沒有關係。」

薛大漢看著他，看著他蒼白的臉，漆黑的刀，又忍不住嘆道：「你眞是個怪人，簡直比我還怪！」

他的確也是個怪人。

天漸漸亮了。

初升的陽光，就像是刀一樣，劃破了輕紗般的冷霧，大地上的生命已開始甦醒了。

那小伙子還沒有醒。

薛大漢大步走過去，一把抓起了他，大聲道：「快起來，趕車到白雲莊去。」

小伙子揉著惺忪的睡眼，陪著笑道：「大爺就請上車。」

薛大漢道：「大爺不上車。」

小伙子怔了怔，道：「為什麼不上車？」

薛大漢道：「因爲大爺高興。」

這小伙子年紀雖輕，趕車也趕了六七年，卻還沒有見過這樣的人。明明花了錢僱車，卻情願跟在車子後面走。但只要是人家大爺高興，他就算要在後面爬，也沒有人管得著。

小伙子心裡雖奇怪，倒也落得個輕鬆。他趕著車在前面走，後面居然有三個人在跟著——一個兇神般的大漢，一個臉色蒼白的跛子，一個風姿綽約的美女。

這樣一行人走在路上，有誰能不多看幾眼的。

但薛大漢洋洋自得，別人對他是什麼看法，他完全不放在心上。

傅紅雪心事重重，我行我素，彷彿根本就不屬於這世界的。翠濃眼睛裡更沒有別的人，在傅紅雪面前，她根本連看都不看別人一眼。

趕車的小伙子心裡又不禁嘀咕，他實在想不通這三個人爲什麼要到白雲莊去。白雲莊本來根本不是他們這種人去的地方。

薛大漢喝了幾大口酒，忽然用力趕上大車，道：「我們又不是趕去奔喪的，你慢點行不行？」

小伙子陪笑道：「行，當然行。」

僱車的不急，他當然更不急。

薛大漢自己也放慢了腳步，道：「白雲莊又不遠，反正今天一定可以趕到的。」

他這句話顯然是說給傅紅雪聽的，傅紅雪卻像是沒聽見。

薛大漢已落在他身旁，又問道：「卻不知你到白雲莊去幹什麼？」

傅紅雪還是聽不見。

薛大漢道：「你認得袁秋雲？」

傅紅雪終於忍不住問道：「袁秋雲是誰？」

薛大漢道：「就是白雲莊的莊主。」

傅紅雪道：「不認得。」

薛大漢笑了笑，道：「你連薛大漢都不認得，當然是不會認得袁秋雲的了。」

傅紅雪道：「你認得他？」

薛大漢道：「我怎麼會認得那種老古董。」

傅紅雪沉默了半晌，忽然又問道：「你只認得路小佳？」

薛大漢動容道：「你怎麼知道我認得他？」

他忽又搖了搖頭，嘆息著道：「你當然知道，無論誰都應該看得出，我是去找他的。」

傅紅雪道：「找他幹什麼？」

薛大漢冷笑道：「也不幹什麼，只不過想把他的腦袋切下來，一腳踢到陰溝裡去。」

傅紅雪道：「他是你的仇人？」

薛大漢道：「本來不是。」

他又喝了兩口酒，道：「本來他是我的朋友。」

傅紅雪道：「朋友？」

薛大漢咬著牙，道：「朋友有時比仇人還可怕，更可怕，尤其是像他這樣的朋友。」

傅紅雪道：「你上過他的當？」

薛大漢恨恨道：「我把全副家當都交付了他，把我最喜歡的女人也交給了他，但他卻溜了，帶著我的全副家當和我的女人溜了。」

傅紅雪皺了皺眉，道：「看來他倒不像是個這麼樣的人。」

薛大漢沉聲道：「就因爲他不像，所以我才會信任他。」

傅紅雪又沉默了半晌，淡淡道：「朋友有時的確比仇人還可怕。」

薛大漢道：「你從來都沒有朋友？」

傅紅雪道：「沒有。」

薛大漢嘆了口氣，又一大口一大口的喝起酒來。

過了很久，傅紅雪忽然又道：「你本來不必陪我走的。」

薛大漢道：「的確不必，本來我們可以一起坐在車上。」

傅紅雪也不說話了。

又走了段路，薛大漢忽然把酒葫蘆遞過去，道：「喝口酒？」

傅紅雪道：「不喝。」

薛大漢道：「你從來都不喝酒？」

傅紅雪道：「從來不喝。」

薛大漢道：「賭錢呢？」

傅紅雪道：「從來不賭。」

薛大漢道：「你喜歡幹什麼？」

傅紅雪道：「什麼都不喜歡。」

薛大漢嘆道：「一個人若是什麼都不喜歡，活著還有什麼樂趣？」

傅紅雪道：「我本不是爲了有趣而活著的。」

薛大漢道：「你活著是爲了什麼？」

傅紅雪緊握著他的刀，一字字道：「爲了復仇。」

薛大漢看著他蒼白的臉，心裡竟也忍不住升起一股寒意，苦笑著道：「看來做你的仇人，的確不是件愉快的事。」

傅紅雪垂下頭，看著自己手裡的刀，又不說話了。

薛大漢目光閃動，試探著問道：「你是不是也認得路小佳？」

傅紅雪道：「我只見過他。」

薛大漢道：「怎麼會見到的？」

傅紅雪道：「他想來殺我。」

薛大漢動容道：「後來呢？」

傅紅雪淡淡道：「後來他就走了。」

薛大漢道：「你就讓他走？」

傅紅雪道：「我並不想殺他……我想殺的只有一個人。」

薛大漢道：「你的仇人？」

傅紅雪點點頭。

薛大漢道：「你的仇人只有一個？」

傅紅雪道：「現在我只知道一個。」

薛大漢嘆了口氣，道：「你的運氣比我好。」

傅紅雪忽然也長嘆了一口氣，道：「其實你的運氣比我好。」

薛大漢道：「爲什麼？」

傅紅雪道：「若有殺不盡的仇人可殺，倒也是人生一快，只可惜我……」

他目中露出痛苦之色，黯然道：「只可惜我連那一個仇人都找不到。」

薛大漢道：「你那仇人是誰？」

傅紅雪道：「你不必知道。」

薛大漢目光閃動，道：「但是我卻說不定可以幫你找到他。」

傅紅雪沉吟著，終於道：「他姓馬，馬空群。」

薛大漢聳容道：「萬馬堂的主人？」

傅紅雪也聳然動容，道：「你認得他！」

薛大漢搖搖頭，沒有回答這句話，卻喃喃道：「這就難怪你要到白雲莊去了！」

傅紅雪道：「白雲莊和萬馬堂又有什麼關係？」

薛大漢道：「本來是沒有的。」

傅紅雪道：「現在呢？」

薛大漢道：「你難道真不知道今天是什麼日子？」

傅紅雪道：「我怎麼會知道？」

薛大漢道：「你也沒有接到帖子？」

傅紅雪道：「誰發的帖子？」

薛大漢道：「當然是白雲莊，今天就是他們少莊主大喜的日子。」

傅紅雪道：「我也不認得他。」

薛大漢道：「但新娘子你卻一定認得的。」

傅紅雪道：「新娘子是誰？」

薛大漢說道：「就是馬空群的女兒，聽說叫做馬芳鈴。」

傅紅雪的臉色變了。

去。

薛大漢沉吟著，道：「所以馬空群今天想必也會到白雲莊去。」

這句話還沒有說完，傅紅雪已縱身躍上了馬車。

他輕功一施展出來，行動就突然變得箭一般迅速，絕沒有人再能看得出他是個跛子。

薛大漢看著他，目中帶著深思之色，過了半晌，才嘆息著道：「果然是好身手！」

這時傅紅雪卻已竄上了馬車的前座，奪過了那小伙子的馬鞭，刷的一鞭往馬腹上抽了下去。

馬車已絕塵而去，竟將薛大漢和翠濃拋在後面。

翠濃垂下頭，眼淚似已忍不住要奪眶而出。

薛大漢忽然對她笑了笑，道：「你放心，我不會讓他甩下你的。」

語聲中他已邁開大步追上去，只五六步就已追上了馬車，一伸手，拉住了車轅。

拉車的馬一聲長嘶，人立而起，車馬竟硬生生被他拉住了，再也沒法子往前走半步。

薛大漢又回頭向翠濃笑了笑，道：「請上車。」

翠濃終於抬起頭，輕輕道：「那女人不該拋下你跟路小佳走的，你是個君子。」

薛大漢嘆了口氣，苦笑道：「只可惜這年頭君子在女人面前已不吃香了。」

廿九　蛇蠍美人

天大亮，陽光普照。

今天已是九月十五。

九月十五。

烏兔太陽申時。

大吉。

忌嫁娶。

忌安葬。

沖龍煞北。

晴。

艷陽天。

大地清新，陽光燦爛。路上不時有鮮衣駑馬的少年經過，打馬趕向白雲山莊。

拉車的馬當然不會是快馬，但現在牠的確已盡了牠的力了。傅紅雪已將馬鞭交回給那小伙子，坐到後面來，手裡緊緊握著他的刀。

這雙手本就不適於趕車的。

「你爲何不留些力氣，等著對付馬空群！」

傅紅雪緊緊的閉著嘴，臉色又蒼白得接近透明。

翠濃坐在他身旁，看著他，目中充滿了憂鬱之色，卻又不知是爲誰憂慮。

薛大漢一大口一大口的喝著酒，喃喃道：「我只希望路小佳和馬空群都在那裡……」

傅紅雪突然道：「那麼你就該少喝些酒。」

薛大漢皺眉道：「爲什麼？」

傅紅雪冷冷道：「醉鬼是殺不死人的，尤其殺不死路小佳那種人。」

薛大漢冷笑道：「難道要殺人前只能吃花生？」

傅紅雪道：「花生至少比酒好。」

薛大漢道：「哪點比酒好？」

傅紅雪道：「哪點比酒都好。」

嘴裡有東西嚼著的時候，的確可以令人的神情鬆弛，而且花生本就是件很有營養的東西，可以補充人的體力。

薛大漢剛瞪起眼睛，像是想發脾氣，卻又嘆了口氣，苦笑道：「看來我們都應該吃點花生才是，我們好像都太緊張了。」

趕車的小伙子忽然回過頭來，笑說道：「現在咱們已經走上往白雲莊的大道了，從這裡已經可以看到白雲莊。」

薛大漢立刻忍不住伸長了脖子去瞧。

大道上黃塵滾滾，山色卻是青翠的，翠綠色的山坡上，一排排青灰色的屋頂在太陽下閃著光。

薛大漢皺著眉，道：「看來這白雲莊的規模倒真不小。」

趕車的小伙子笑道：「袁家本是這裡的首戶，提起袁家的大少爺來，在這周圍八百里的人有誰不知道的呢？」

薛大漢又瞪起眼，厲聲道：「大爺我就不知道他是什麼東西！」

趕車的小伙子一看見他瞪眼，早已嚇得轉回頭，再也不敢開腔了。

馬車已漸漸走入了山路，兩旁濃蔭夾道，人跡卻已漸少。

該來的人，此刻想必都已到了白雲莊。

「馬空群是不是真的會在那裡？」

傅紅雪握刀的手背上已凸出青筋，若不是如此用力，這雙手只怕已在發抖。

翠濃悄悄的握住了他的手，柔聲道：「他若在這裡，就跑不了的，你何必著急？」

傅紅雪好像根本沒聽見她在說什麼，只是瞪大了眼睛，看著自己手裡的刀。

刀鞘漆黑，刀柄漆黑。

薛大漢也正在看著這柄刀。

這本來是柄很普通的刀，但是被握在傅紅雪蒼白的手裡時，刀的本身就似已帶著一種神秘的、符咒般的魔力。

無論誰看著這柄刀就像是已被魔神詛咒過的。

薛大漢輕輕嘆了口氣，忽然道：「你能不能讓我看看你的刀？」

傅紅雪道：「不能。」

薛大漢道：「為什麼？」

傅紅雪道：「沒有人看過我的刀！」

薛大漢道：「我若一定要看呢？」

傅紅雪冷冷道：「那就一定有人要死──不是你死，就是我死。」

薛大漢的臉色已有些變了，卻笑了笑，道：「路小佳的劍就不怕被人看，他的劍根本就沒有鞘。」

傅紅雪道：「你隨時都可以去看他的劍，但最好永遠也不要想看我的刀。」

他目光忽然變得很遙遠，一字字接著道：「這本來就是柄不祥的刀，看到它的人必遭橫禍。」

薛大漢臉色又變了變，還想再問，但就在這時，馬車忽然停下。

他轉過頭，就看見有樣東西在太陽下閃著光，赫然竟是一粒花生。

剝了皮的花生。

花生落下，落在路小佳嘴裡。

路小佳懶洋洋的站在路中央，他的劍也在太陽下閃著光。

薛大漢跳了起來，烏篷大車的頂，立刻被他撞得稀爛。

路小佳嘆了口氣，道：「幸好這輛車不結實，否則你的頭豈非要被撞出個大洞？」

薛大漢厲聲道：「你豈非就想我頭上多個大洞。」

路小佳微笑道：「仔細想一想，那倒也不壞，把酒往洞裡倒，的確比用嘴喝方便些。」

薛大漢又跳起來，怒道：「你還想在我面前說風涼話？你還敢來見我？」

路小佳道：「爲什麼不敢？我本來就是在這裡等你的。」

薛大漢怔了怔，道：「你知道我要來？」

路小佳道：「別人都在奇怪，你爲什麼不坐在車上，我卻一點也不奇怪，就算你把車子扛在背上走，我都不會奇怪。」

他微笑著又道：「你這個人本就是什麼事都做得出的。」

薛大漢道：「你呢？天下還有什麼事是你做不出來的？」

路小佳道：「笨蛋做的事，我就做不出。」

薛大漢冷笑道：「你當然不是笨蛋，我才是笨蛋，我居然將你這種人當做朋友。」

路小佳道：「我本來就是你的朋友。」

薛大漢厲聲道：「你是我的朋友？我交給你的八十萬兩銀子呢？」
路小佳淡淡道：「我花了。」
薛大漢大叫道：「什麼？你花了？」
路小佳道：「我們既然是好朋友，朋友本就有通財之義，你的銀子我爲什麼不能花？」
薛大漢怔了怔道：「你……你怎麼花的？」
路小佳道：「全送了人。」
薛大漢道：「送給了誰？」
路小佳道：「一大半送給了黃河的災民，一小半送給了那些老公被你殺死了的孤兒寡婦。」
他不讓薛大漢開口，又搶著道：「你的銀子來路本不正，我卻替你正大光明的花了出去，你本該感激我才是。」
薛大漢怔住了，怔了半天，突又大聲道：「我的女人你難道也送給了別人？」
路小佳道：「那倒沒有。」
薛大漢道：「她的人呢？」
路小佳道：「我已殺了她。」
薛大漢又跳起來，大叫道：「什麼，你殺了她？」
路小佳淡淡道：「我殺人又不是什麼稀奇的事，你何必大驚小怪？」

薛大漢道：「你……你為什麼要殺她？」

路小佳道：「因為她想偷人。」

薛大漢怒道：「她偷的男人是誰？」

路小佳道：「我。」

薛大漢又怔住。

路小佳道：「她雖然想偷我，卻沒有偷著，但我既不能保證別的男人都像我一樣，也不能保證她不去偷別人，所以只好殺了她，我只有用這種法子才能讓你不戴綠帽子。」

薛大漢道：「你難道不能用別的法子？」

路小佳冷冷的答道：「別的法子我不會，我只會殺人。」

薛大漢怔在那裡，又怔了半天，忽然仰面大笑，道：「好，殺得好。」

路小佳道：「本來就殺得好。」

薛大漢道：「你殺人好像總是殺得大快人心。」

路小佳道：「我花錢也花得痛快。」

薛大漢大笑道：「花得真痛快，痛快極了，連我都有點佩服你了。」

路小佳道：「我早就知道你會佩服我的。」

薛大漢道：「這酒還不錯，來兩口吧。」

路小佳道：「這花生也不錯，正下酒。」

兩人大笑著，你勾起了我的肩，我握緊了你的手。

趕車的小伙子已經在旁邊看得連眼睛都直了，他還真沒有看見過這樣的人，這樣的朋友。

薛大漢忽又問道：「可是你爲什麼不等我回去就走了呢？」

路小佳道：「我趕著去殺別人。」

薛大漢道：「殺誰？」

路小佳笑了笑，道：「就是那個剛才還在你車上的人。」

薛大漢道：「剛才？……」

他回過頭，才發現剛才還在車上的傅紅雪，竟已不見了，只剩下翠濃一個人坐在那裡。

現在她卻已不再低垂著頭，正瞪大了眼睛，看著路小佳。

薛大漢皺眉道：「你那男人呢？」

翠濃咬著嘴唇，道：「他不是我的男人，因爲他從來也沒有把我當做他的女人，他簡直從來沒有把我當做人。」

薛大漢道：「也許你看錯了他。」

翠濃道：「我沒有……我從來不會看錯任何一個男人的。」

她說話的時候，眼睛還是盯著路小佳，忽又冷笑道：「我現在總算也看出你是哪種男人了。」

路小佳淡淡道：「我是哪種男人？」
翠濃道：「是個沒膽子的男人！」
路小佳笑了。
翠濃道：「你若還有一點膽量，爲什麼不敢娶馬芳鈴？」
路小佳道：「我爲什麼一定要娶她？」
翠濃道：「因爲我知道她是跟著你走的。」
路小佳道：「你知道？」
翠濃道：「我看見她去追你的，也知道她一定追上了你。」
路小佳嘆了口氣，道：「你知道的事倒真不少。」
翠濃道：「只可惜她知道的事卻太少，所以才會喜歡你。」
路小佳又笑了，道：「你以爲她真的喜歡我？」
翠濃道：「她若不喜歡你，爲什麼要去追你？」
路小佳道：「也許她只不過是爲了要我替她殺人而已。」
翠濃道：「男人爲女人殺人，也並不是什麼稀奇的事，你難道從來沒有殺過人？」
路小佳道：「你是不是也想要我去殺了傅紅雪？」
翠濃道：「你敢不敢去！」
路小佳冷笑！

翠濃道：「就因爲你不敢，所以就想法子將她送給了別人。」

路小佳道：「你以爲我不要她的？」

翠濃道：「她既然不顧一切去追你，又怎麼會不要你。」

路小佳嘆道：「這其中當然還有個故事。」

翠濃道：「什麼故事？」

路小佳道：「我帶她到白雲莊來，她看到了小袁，忽然發現小袁比我好，所以就愛上了小袁，把我一腳踢了出去。」

他嘆了口氣，苦笑道：「這故事既不曲折，也不離奇，因爲這事本就常常會發生的。」

翠濃道：「你爲什麼要帶她到白雲莊來？」

路小佳道：「這地方我本就常常來的。」

翠濃冷笑道：「也許你只不過是爲了要擺脫她，所以才故意帶她來，故意替他們製造這個機會。」

路小佳道：「哦？」

翠濃道：「因爲你本來就怕傅紅雪，怕他的刀比你的劍快。」

路小佳道：「哦？」

翠濃道：「但現在你當然已用不著怕他了，因爲他已絕不會再找你，現在你已跟萬馬堂的人完全沒有關係。」

路小佳冷冷的說道：「我本來就跟他們完全沒有關係。」

翠濃道：「但現在白雲莊已跟萬馬堂結了親。」

路小佳微笑道：「這門親事豈非本來就是門當戶對的？」

翠濃道：「而且他當然不會知道是你將馬芳鈴帶來的。」

路小佳道：「他知道的事的確不多。」

翠濃道：「所以他一定會認爲袁秋雲也是他的仇人之一。」

路小佳道：「很可能。」

翠濃道：「所以他現在很可能已殺了袁秋雲。」

路小佳道：「也很可能。」

翠濃道：「你一點也不關心？」

路小佳語氣淡淡地道：「我爲什麼要關心？是他殺了袁秋雲也好，是袁秋雲殺了他也好，跟我又有什麼關係？」

翠濃盯著他，道：「你關心的是什麼？」

路小佳道：「我只關心我自己。」

他忽又笑了笑，道：「就跟你一樣，你幾時關心過別人？」

翠濃呶著嘴唇，緩緩的道：「但我卻實在是關心他的。」

路小佳道：「哦？」

翠濃道：「你不信？」

她美麗的眼睛裡忽然湧出了晶瑩的淚珠，淒然道：「你當然不信，有時連我自己都不信，我怎麼會忽然變得關心他了。」

路小佳道：「你流淚的樣子實在很好看，可惜我一向只喜歡會笑的女人，並不喜歡會哭的。」

翠濃咬著牙，突然從車上撲了過去，手裡已多了柄尖刀，一刀刺向他的胸膛。

但她的手很快就被抓住。

路小佳微笑著，緊緊的捏住了她的手，悠然道：「你殺人本不該用刀的，像你這樣的女人，殺人又何必用刀？」

「叮」的一聲，刀落在地上。

翠濃忽然倒在他懷裡，失聲痛哭了起來。

她剛才還想殺了他，真的想殺了他，但現在卻伏在他胸膛上，似已將整個人都交給他。

因為他比她強。女人一向只尊敬比自己強的男人。

薛大漢在旁邊冷冷的看著，忽然笑了笑，道：「剛才她好像真的想殺了你。」

路小佳道：「本來就是真的。」

薛大漢道：「但現在……」

路小佳道：「現在她已知道殺不了我。」

薛大漢道：「所以她現在已準備讓你宰了。」

路小佳道：「宰？」

薛大漢笑道：「你難道真不懂我說的這『宰』字是什麼意思？」

路小佳當然懂。

每個男人都懂。

薛大漢道：「女人就是這樣子的，她宰不了你，你就可以宰她。」

路小佳垂下頭，看著懷中的翠濃。

翠濃顯然已聽見了他們所說的話，但卻一點反應也沒有，她的軀體柔軟而溫暖。

薛大漢道：「傅紅雪還是個不懂風情的孩子，這女人看來卻一定要我們這樣的男人才能對付得了。」

路小佳冷冷道：「她本來就是個婊子。」

他忽然一把抓住了她的乳房，抓得很用力。

但翠濃還是一點反應也沒有。

路小佳看著她，眼睛裡忽然露出痛苦厭惡之色，又一把揪住她頭髮，重重的一個耳光摑了下去。

她蒼白美麗的臉立刻被打出了個掌印，鮮紅的血慢慢的從嘴角流了下來。

可是她眼睛裡卻發出了光，看著路小佳，忽然大笑道：「原來你是個……」

路小佳不讓她這句話說完，又一掌摑在她臉上。

她的人立刻被打得滾在馬車下，像一灘泥般倒在那裡。

薛大漢長長嘆了口氣，道：「你不該打她的，你應該……」

路小佳道：「我應該殺了她。」

薛大漢道：「爲什麼？因爲她偷人？但傅紅雪又不是你的朋友，何況她本就是婊子。」

路小佳道：「婊子並不該殺，世上還有種比婊子更下賤的女人。」

薛大漢道：「哪種？」

路小佳道：「一種天生的婊子。」

薛大漢又笑了，道：「你難道希望天下所有的女人都是處女？」

路小佳臉色變了變，冷冷道：「我們又何必站在這裡談這種女人？」

薛大漢道：「我們應該到哪裡去？」

路小佳道：「去看殺人。」

他神情忽然變得很興奮，他一向覺得殺人比女人好看得多。

薛大漢道：「殺人？誰殺人？」

路小佳道：「除了傅紅雪外，還有誰殺人值得我們去看？」

忽又笑了笑，道：「你一定也想看看傅紅雪那柄刀究竟有多快的。」

薛大漢臉上忽然也露出種很奇怪的表情，微笑著道：「我只希望他莫要殺錯了人。」

濃。

卅 護花劍客

路小佳和薛大漢都已走了，翠濃卻還蜷伏在馬車下，動也不動。

趕車的小伙子已被剛才的事嚇得面無人色，又怔了半天，才蹲下身，從馬車下拉出了翠濃。

他以爲翠濃一定很氣憤，很痛苦。

誰知她卻在笑。

她的臉雖然已被打青了，嘴角雖然在流著血，但眼睛裡卻充滿了興奮之意。

挨了揍的人，居然還笑得出。

小伙子怔住。

翠濃忽然道：「你知不知道他爲什麼要打我？」

小伙子搖搖頭。

翠濃道：「因爲他在對自己生氣。」

小伙子更不懂，忍不住問道：「爲什麼要對自己生氣？」

翠濃道：「他恨自己不是個男人，我雖然是個女人，他卻只能看著我。」

小伙子還不懂。

翠濃笑道：「我現在才知道，他只不過是條蚯蚓而已。」

小伙子道：「蚯蚓？」

翠濃道：「你沒有看見過蚯蚓？」

小伙子道：「我當然看見過。」

翠濃道：「蚯蚓是什麼樣子？」

小伙子道：「軟軟的，黏黏的……」

翠濃眨著眼，道：「是不是硬不起來的？」

小伙子道：「一輩子也硬不起來。」

翠濃嫣然道：「這就對了，所以他就是條蚯蚓，在女人面前，一輩子也硬不起來。」

小伙子終於懂了。

「她天生就是個婊子。」

想到別人對她的批評，看著她豐滿的胸膛，美麗的臉……

他的心忽然跳了起來，跳得好快，忽然鼓起勇氣，吃吃道：「我……我不是蚯蚓。」

翠濃又笑了。

她笑的時候，眼睛裡反而露出種悲傷痛苦之色，柔聲道：「你看我是個怎麼樣的女人？」

小伙子看著她，臉漲得通紅，道：「你……你……你是個很漂亮的女人。」

翠濃道：「還有呢？」

小伙子道：「而且……而且你很好，很好……」

他實在想不出什麼讚美的話說，但「很好」這兩個字卻已足夠。

翠濃道：「你會不會拋下我一個人走？」

小伙子立刻大聲道：「當然不會，我又不是那種混蛋。」

翠濃道：「拋下我一個人走的男人就是混蛋？」

小伙子道：「不但是混蛋，而且是呆子。」

翠濃看著他，美麗的眼睛裡忽然又有淚光湧出，過了很久，才慢慢的伸出手。她的手纖秀柔白。小伙子看著她的手，似已看得癡了。

翠濃道：「快扶我上車去。」

小伙子道：「到……到哪裡去？」

翠濃柔聲說道：「隨便到哪裡去，只要是你帶著我走。」

說完了這句話，她眼淚已流了下來。

「今天真是他們家辦喜事？」

「當然是真的，否則他們爲什麼要請這麼多的客人來？」

「但這些人臉上爲什麼連一點喜氣都沒有，就好像是來奔喪的？」

「這其中當然有緣故。」

「什麼緣故？」

「這本來是個秘密，但現在已瞞不住了。」

「究竟爲了什麼？」

「該來的人，現在已經全都來了，只不過少了一個而已。」

「一個什麼人？」

「一個最重要的人。」

「究竟是誰？」

「新郎倌。」

「……」

「他前天到城裡去吃人家的酒，本來早就該回來了，卻偏偏直到現在還連人影都不見。」

「爲什麼？」

「沒有人知道。」

「他的人呢？到哪裡去了？」

「也沒有人看見，自從那天之後，他這個人就忽然失蹤了。」

「奇怪……」

「實在奇怪。」

看著喜宴中每個客人都板著臉，緊張得神經兮兮的樣子，並不能算是件很有趣的事。

但葉開卻覺得很有趣。

這無疑是種很難得的經驗，像這樣的喜宴並不多。

他留意的看著每個從他面前經過的人，他在猜，其中不知道有幾個人是真的在爲袁家擔心？

有些人臉上的表情雖然很嚴肅，很憂鬱，但卻也許只不過是因爲肚子餓了，急著要喝喜酒。

有些人也許在後悔，覺得這次的禮送得太多，太不值得。

葉開笑了。

丁靈琳坐在他旁邊，悄悄道：「你不該笑的。」

葉開道：「爲什麼？」

丁靈琳道：「現在每個人都知道新郎倌已失蹤了，你再笑，豈非顯得有點幸災樂禍？」

葉開笑道：「不管怎麼樣，笑總比哭好，今天人家畢竟是在辦喜事，不是出葬。」

丁靈琳嘟起了嘴，道：「你能不能少說幾句缺德的話？」

葉開道：「不能。」

丁靈琳道：「不能？」

葉開笑道：「因爲我若不說，你就要說了。」

丁靈琳也板起了臉，看來好像很生氣的樣子，其實心裡卻很愉快。

因爲她覺得葉開的確是個與衆不同的男人，而且沒有失蹤。

午時。

新郎倌雖然還沒有消息，但客人們總不能餓著肚子不吃飯。

喜宴已擺了上來，所以大家的精神顯得振奮了些。

丁靈琳卻皺起了眉，道：「我那些寶貝哥哥怎麼還沒有來？」

葉開道：「他們會來？」

丁靈琳道：「他們說要來的。」

葉開道：「你希望他們來？」

丁靈琳點點頭，忍不住笑道：「我想看看路小佳看見他們時會有什麼表情。」

葉開道：「路小佳若真的把他們全都殺了呢？」

丁靈琳又嘟起嘴，道：「你爲什麼總是看不起我們丁家的人？」

葉開笑了笑，說道：「因爲你們丁家的人也看不起我。」

丁靈琳冷笑道：「馬家的人看得起你，所以把兒子女兒都交託了給你。」

葉開忽然嘆了口氣，道：「早知道馬芳鈴會忽然成親，我就該把小虎子也帶來的。」

現在他已將小虎子寄在他的朋友家裡。

他的朋友是開武場的，夫婦兩個人就想要個兒子，一看見小虎子，就覺得很歡喜。

葉開有很多朋友，各式各樣的朋友，做各種事的朋友。

他本來就是一個喜歡朋友的人，朋友們通常也很喜歡他。

丁靈琳瞪著他，忽然冷笑道：「你嘆什麼氣？是不是因爲馬大小姐嫁給了別人，所以你心裡難受。」

葉開淡淡道：「丁大小姐還沒有嫁給別人，我難受什麼？」

丁靈琳又忍不住笑了，悄悄道：「你再不來我家求親，總有一天，我也會嫁給別人的。」

葉開笑道：「那我就……」

這句話只說了一半，因爲這時他已看見了傅紅雪。

傅紅雪手裡緊緊握住他的刀，慢慢的走入了這廣闊的大廳。

大廳裡擁擠著人群，但看他的神情，卻彷彿還是走在荒野中一樣。

他眼睛裡根本沒有別的人！

但別的人卻都在看著他，每個人都覺得屋子裡好像忽然冷了起來。

這臉色蒼白的年輕人身上，竟彷彿帶著種刀鋒般的殺氣。

葉開也感覺到了，皺著眉，輕輕道：「他怎麼也來了？」

丁靈琳道：「說不定也是路小佳找來的？」

葉開道：「他爲什麼要特地把我們找來？我本來就覺得奇怪。」

他語聲又忽然停頓，因爲這時傅紅雪也看到了他，眼睛裡彷彿結著層冰。

葉開微笑著站起來，他一直都將傅紅雪當做他的朋友。

但傅紅雪卻很快的扭過頭，再也不看他一眼，慢慢的穿過人叢，臉也彷彿結成了冰。

但他握刀的手，卻似在輕輕顫抖著，雖然握得很緊，還是在輕輕顫抖著。

他走得雖然很慢，但呼吸卻很急。

丁靈琳搖了搖頭，嘆道：「他看來更不像是來喝喜酒的！」

葉開道：「他本來就不是。」

丁靈琳道：「你想他是來幹什麼的？」

葉開道：「來殺人的！」

丁靈琳動容道：「殺誰？」

葉開道：「他既然到這裡來，要殺的當然是這地方的人！」

他的聲音緩慢，神色也很凝重。

丁靈琳從未看過他表情如此嚴重，忍不住又問道：「難道他要殺袁……」

葉開的表情更嚴肅，慢慢的點了點頭。

丁靈琳道：「就在這裡殺？現在就殺？」

葉開道：「他殺人已絕不會再等。」

丁靈琳道：「你不去攔阻他？」

葉開冷冷道：「他殺人也絕沒有人能攔得住。」

他目光忽然也變得刀鋒般銳利，只有心懷仇恨的人，目光才是這樣子的。

丁靈琳此刻若是看到了他的眼睛，也許已不認得他了，因爲他竟像是忽然變成了另外的一個人。

但丁靈琳卻已在看著傅紅雪的刀，輕輕的嘆息，道：「看來今天的喜事只怕真的要變成喪事了……」

蒼白的臉，漆黑的刀。

這個人的心裡也像是黑與白一樣，充滿了衝突和矛盾。

生命是什麼？死亡又是什麼？

也許他全部不懂。

他只懂得仇恨。

傅紅雪慢慢的穿過人群，走過去。

大廳的盡頭處掛著張很大的「喜」字，金色的字，鮮紅的綢。

紅是吉祥的，象徵著喜氣。

但血也是紅的。

一個滿頭珠翠的婦人，手裡捧著碗茶，本來和旁邊的女伴竊竊私語。

她忽然看到了傅紅雪。

她手裡的茶碗就跌了下去。

傅紅雪並沒有看她，但手裡緊握的刀已伸出。

看來他的動作並不太快，但掉下去的茶碗卻偏偏恰巧落在他的刀鞘上。

碗裡的茶連一滴都沒有濺出來。

葉開嘆了口氣，道：「好快的刀。」

丁靈琳也嘆了口氣，道：「的確快。」

傅紅雪慢慢的抬起手，將刀鞘上的茶碗又送到那婦人面前。

這婦人想笑，卻笑不出，總算勉強說了一聲：「多謝。」

她伸出手，想去接這碗茶。

但她的手卻實在抖得太厲害。

忽然間，旁邊伸出一隻手，接過那碗茶。

一隻很穩定的手。

傅紅雪看著這隻手，終於抬起頭，看到了這個人。

人。

一個很體面的中年人，穿著很考究，鬢髮雖已花白，看來卻還是風度翩翩，很能吸引女

事實上，你很難判斷他的年紀。

他的手也保養得很好，手指修長、乾燥、有力。不但適於握刀劍，也適於發暗器。

傅紅雪盯著他，忽然問道：「你就是袁秋雲？」

這人微笑著搖搖頭，道：「在下柳東來。」

傅紅雪道：「袁秋雲呢？」

柳東來道：「他很快就會出來的。」

傅紅雪道：「好，我等他。」

柳東來道：「閣下找他有什麼事？」

傅紅雪拒絕回答。

他目光似已到了遠方，他眼前似已不再有柳東來這個人存在。

柳東來居然也完全不放在心上，微笑著將手裡的一碗茶送到那婦人面前，道：「茶已有點涼了，我再去替你換一碗好不好？」

這婦人嫣然一笑，垂下頭，輕輕道：「謝謝你。」

看到柳東來，她好像就立刻變得輕鬆多了。

丁靈琳也在看著柳東來，輕輕道：「這人就是『護花劍客』柳東來？」

葉開笑了笑，道：「也有人叫他奪命劍客。」

丁靈琳道，「他是不是袁秋雲的大舅子？」

葉開點點頭，道：「他們不但是親戚，也是結拜兄弟。」

丁靈琳眼波流動，道：「聽說他是個很會討女人歡喜的人。」

葉開道：「哦？」

丁靈琳道：「我看他對女人實在很溫柔有禮，你爲什麼不學學他？」

葉開淡淡道：「我實在應該學學他，聽說他家裡有十一房妾，外面的情人更不計其數。」

丁靈琳瞪起了眼，咬著嘴唇道：「你爲什麼不學學好的？」

她的臉忽然紅了，因爲她忽然發現大廳裡只有他們兩個人在說話，所以已有很多人扭過頭來看她。

大家現在雖然還不知這臉色蒼白的年輕人究竟是來幹什麼的，但卻都已感覺到一種不祥的預兆，彷彿立刻就要有災禍發生在這裡。

就在這時，他們看見一個人從後面衝了出來，一個已穿上鳳冠霞帔的女人。

新娘子馬芳鈴。

新郎倌下落不明，新娘子卻衝出了大廳，大家瞪大了眼睛，張大了嘴，幾乎連氣都已喘不過來。

馬芳鈴身上穿的衣服雖然是鮮紅的，但臉色卻蒼白得可怕。

她一下子就衝到傅紅雪面前，嗄聲道：「是你，果然是你！」

傅紅雪冷冷的看了她一眼，就好像從來沒有見到這個人似的。

馬芳鈴瞪著他，眼睛也是紅的，大聲道：「袁青楓呢？」

傅紅雪皺了皺眉，道：「袁青楓？」

馬芳鈴大聲道：「你是不是已經殺了他？有人看見你們的……」

傅紅雪終於明白，這地方的少莊主，今天的新郎倌，原來就是那在長安市上的佩劍少年。

他也看見了彭烈。

彭烈也是這裡的客人，這消息想必就是彭烈告訴他們的。

傅紅雪淡淡道：「我本來的確可以殺了他。」

馬芳鈴的身子顫抖，突然大叫，道：「一定是你殺了他，否則他爲什麼還不回來，你……你……你爲什麼總要害我，你……」

她聲音嘶啞，目中也流下淚來。

她衣袖裡早已藏著柄短劍，突然衝過去，劍光閃電般向傅紅雪刺下。

她的出手又狠又毒辣，只恨不得一劍就要傅紅雪的命。

傅紅雪冷冷看著她，刀鞘橫出一擊。

馬芳鈴已踉蹌倒退了出去，彎下了腰不停的嘔吐起來。

可是她手裡還是緊緊的握著那柄劍。

傅紅雪冷冷道：「我本來也可以殺了你的。」

馬芳鈴流著淚，喘息著，突又大喊，揮劍向他撲了過來。

她似已用了全身的力量。

但旁邊有個人只輕輕一拉她衣袖，她全身力量就似已突然消失。

這是內家四兩撥千斤，以力解力的功夫。

懂得這種功夫的人並不多，能將這種功夫運用得如此巧妙的人更少。

那至少要二三十年以上的功夫。

所以這人當然已是個老人，是個很有威儀的老人。

他穿著也極考究，態度卻遠比柳東來嚴肅有威，一雙炯炯有神的眼睛，正瞪著傅紅雪，厲聲道：「你知不知道她是個女人？」

傅紅雪閉著嘴。

老人目中帶著怒色，道：「就算她不是我的媳婦，我也不能看你對一個女人如此無禮。」

傅紅雪突然開口，道：「她是你的媳婦？」

老人道：「是的。」

傅紅雪道：「你就是袁秋雲？」

老人道：「正是。」

傅紅雪道：「我沒有殺你的兒子。」

袁秋雲凝視著他，終於點了點頭，道：「你看來並不像是個會說謊的人。」

傅紅雪緩緩道：「但是我卻可能要殺你！」

袁秋雲怔了怔，突然大笑。

他平時很少這樣大笑的，現在他如此大笑，只因爲他心裡忽然覺得有種無法形容的恐懼。

他大笑著道：「你說你可能要殺我？你竟敢在這裡說這種話？」

傅紅雪道：「我已說過，現在我只有一句話還要問你。」

袁秋雲道：「你可以問。」

傅紅雪握緊了他的刀，一字字問道：「十九年前，一個大雪之夜，你是不是也在落霞山下的梅花庵外？」

袁秋雲的笑聲突然停頓，目光中忽然露出恐懼之色，一張嚴肅有威的臉，也突然變得扭曲變形，失色道：「你是白……白大俠的什麼人？」

他知道這件事！

這句話已足夠說明一切。

傅紅雪蒼白的臉突然發紅，身子突然發抖。

奇怪的是，他本來在發抖的一雙手，此刻卻變得出奇穩定。

他咬緊牙關，一字字道：「我就是他的兒子！」

他說完了這句話。

袁秋雲也聽了這句話，但這句話卻已是他最後能聽見的一句話了。

傅紅雪的刀已出鞘！

他殺人已絕不再等！

刀光一閃。

閃電也沒有他的刀光這麼淩厲，這麼可怕！

每個人都看到了這一閃刀光，但卻沒有人看見他的刀。

袁秋雲也沒有看見。

刀光只一閃，已刺入了他的胸膛。

所有的聲音突然全都停頓，所有的動作也突然全都停頓。

然後袁秋雲的喉嚨裡才突然發出一連串「格格」聲，響個不停。

他瞪大了眼睛，看著傅紅雪，眼睛裡充滿了驚訝、恐懼、悲哀和懷疑。

他不信傅紅雪的刀竟如此快。

他更不信傅紅雪會殺他！

傅紅雪的臉又已變爲蒼白，蒼白得幾乎透明。

袁秋雲看著他，忽然用力將自己的身子從他的刀上拔出。

於是他倒了下去。

鮮血雨點般濺出，落在他自己身上。

他眼珠漸漸凸出，忽然用盡全身力氣大嘶：「那天我不在梅花庵外！」

這就是他說的最後一句話，但卻不是傅紅雪聽到的最後一句話。

刀已入鞘，刀上還帶著血。

他忽然聽見一個人用比刀還冷的聲音說：「你殺錯人了！」

「你殺錯人了！」

沒有人出聲，沒有人動，甚至連驚呼和嘆息都沒有，每個人都已被這幕就在他們眼前發生的事情所震驚，震驚得幾乎麻木。

「你殺錯人了！」

傅紅雪的耳朵裡似也被震得「嗡嗡」的響。

這句話說的聲音雖不大，但在他聽來，卻像是一聲霹靂。

過了很久，他才慢慢轉過身。

柳東來就站在他面前，那張永遠帶著微笑的臉，已變成死灰色！

他的眼睛看來卻像是把刀，正像刀鋒般在刮著傅紅雪的臉，緩緩道：「那天晚上，他的確不在梅花庵外。」

傅紅雪咬緊牙關，終於忍不住問：「你知道？」

「只有我知道。」

柳東來的臉也已扭曲，因痛苦和悲傷而扭曲，接著說道：「那天晚上，也正是他妻子因難產而死的時候，他一直都守在床邊，沒有離開過半步。」

這絕不是謊話。

傅紅雪只覺得自己胸膛上彷彿也被人刺了一刀，全身都已冰冷。

柳東來道：「但他卻知道那天晚上在梅花庵外的血戰。」

傅紅雪道：「他……他怎麼會知道的？」

柳東來道：「因爲有人將這秘密告訴了他。」

傅紅雪道：「是誰告訴了他？」

柳東來道：「我！」

這一個字就像是一柄鐵錘，又重重的擊在傅紅雪胸膛上。

柳東來充滿痛苦和悲傷的眼睛裡，又露出種說不出的譏嘲之色，道：「我才是那天晚上在梅花庵刺殺你父親的人！」

他轉過臉看著袁秋雲的屍身，目中早已有淚將出，黯然接著道：「他不但是我的姻親，也是我最好的朋友，我們從小就同生死，共患難，我們之間從無任何的秘密。」

傅紅雪道：「所以你才將這秘密告訴了他？」

柳東來淒然道：「但我卻從未想到我竟因此而害了他。」

他的話就像是尖針一樣，在刺著傅紅雪。

他接著道：「我將這秘密告訴他的時候，他還責備我，說我不該為了個女人，就去做這件事，那只因他還不知道我跟那女人的情感有多深。」

傅紅雪顫聲道：「你……你去行刺，只不過是為了個女人？」

柳東來道：「不錯，是為了個女人，她叫做潔如，她本來是我的，但是白天羽卻用他的權勢和錢財，強佔了她！」

傅紅雪突然大吼，道：「你說謊！」

柳東來仰面狂笑，道：「我說謊？我為什麼要說謊？你難道從未聽說過你父親是個怎麼樣的人？那麼我可以告訴你，他是個……」

傅紅雪的臉又已血紅，身子又在劇烈的顫抖，忽然大吼拔刀！

雪亮的刀光，匹練般向柳東來刺過去，刀又入鞘。

柳東來前胸的衣襟卻已裂開，鮮血像雨點般濺了出來。

但是他連動也沒有動，臉上還是帶著那種狠毒譏誚的笑容。

傅紅雪厲聲道：「你敢再說一句這種無恥的謊話，我就要你慢慢的死。」

柳東來冷冷道：「袁老二已因我而死了，我本就沒有準備再活下去，怎麼死都一樣。」

傅紅雪道：「所以你才血口噴人，用這種話來侮辱他。」

柳東來道：「我隨便你用什麼法子都行，但你卻一定要相信我說的是真話，每個字都是。」

他聲音雖已因痛苦而顫抖嘶啞，但卻還是動也不動的站在那裡。

傅紅雪卻在發抖，突然轉身，拔出了一個人的劍，拋給他。

柳東來接住。

傅紅雪厲聲道：「現在你手裡已有劍了。」

柳東來道：「是的。」

傅紅雪道：「你爲什麼還不動手，難道你只有在蒙著臉的時候才敢殺人？」

柳東來凝視著他手裡握著的劍，喃喃道：「我的確該殺了你，免得你再殺錯別人，但血已經流得太多了，太多了……」

他忽然揮手，手裡的劍立刻撒出了一片光幕。

他的劍輕靈，巧妙。

他出手的部位奇特，劍招的變化奇詭而迅速。

護花劍客本是武林中最負盛名的幾位劍客之一，他的聲名並不是騙來的。

你可以騙得到財富，騙得到權力，但無論誰也騙不到武林中的名聲。

那只有用血才能換來——用別人的血才能換來。

但這次他流的卻是自己的血。

輕靈美妙的劍光剛灑出去，還很燦爛，很輝煌，但突然間就已消失。

刀已在他胸膛上。

他的臉已扭曲，但嘴角卻還是帶著那種譏誚惡毒的笑。

他還是在看著傅紅雪，喘息著道：「果然是舉世無雙的快刀，只可惜無論多麼快的刀，也改變不了事實的真象！」

說完了這句話他才倒下去。

他一定要說完這句話才能倒下去，才肯倒下去。

卅一 刻骨銘心

刀已入鞘。

刀上的血當然絕不會乾的。

傅紅雪慢慢的轉過身，左腳先邁出去，右腿再慢慢的跟上去。

他身子還在發抖，正用盡全身力氣，控制著自己。

「你說謊，你說的每個字都是謊話。」

他慢慢的走過人群，眼睛筆直的看著前面，他已沒有勇氣再去看地上的屍體，也沒有勇氣再去看別的人。

後面突然傳來痛哭的聲音。

是馬芳鈴在哭。

她痛哭，咒罵，將世界上所有惡毒的話全都罵了出來。

傅紅雪卻聽不見，他整個人都已痲木。

沒有人阻攔他，沒有人敢阻攔他。

他的手還是緊緊的握著他的刀。

漆黑的刀！

外面的陽光卻還是明亮燦爛的，他已走到陽光下。

馬芳鈴頭髮已披散，瘋狂般嘶喊。

「你們難道不是袁秋雲的朋友？你們難道就這樣讓兇手走出去？」

沒有人回答，沒有人動。

這仇恨本是十九年前結下的，和這些人完全沒有關係。

以牙還牙，以血還血，這本就是江湖中最古老的規律。

何況白天羽他在當年也實在死得太慘。

除了痛哭和咒罵外，馬芳鈴已完全沒有別的法子。

但痛哭和咒罵是殺不死傅紅雪的。

她忽然用力咬住了嘴唇，哭聲就立刻停止，嘴唇雖已咬出了血，但她卻拉直了衣服，將頭上戴的鳳冠重重的摔在地上，理了理凌亂的頭髮，挺起了胸，大步從吃驚的人群中走了出去。

走過葉開面前的時候，她又停下來，用那雙已哭紅的眼睛，瞪著葉開，忽然道：「現在你總該滿意了吧。」

葉開只有苦笑。

丁靈琳卻忍不住道：「他滿意什麼？」

馬芳鈴狠狠的瞪著她，冷冷道：「你也用不著太得意，總有一天，他也會甩了你的。」

說完了這句話，她就頭也不回的走了出去。

剛走到門口，就有個白髮蒼蒼的老管家趕過來，在她面前跪下，道：「現在老莊主已去世了，少莊主也下落不明，少奶奶你……你怎麼能走？」

這老人滿臉淚痕，聲音已嘶啞。

馬芳鈴卻連看都不看他一眼，仰起了臉，冷冷道：「我不是你們袁家的少奶奶，我根本還沒有嫁到袁家來，從現在起，我跟你們袁家一點關係也沒有。」

她大步走出院子，再也沒有回頭。

「從現在起，我再也不會踏入白雲莊一步。」

秋風颯颯，秋意更濃了。

丁靈琳輕輕嘆了口氣，道：「想不到她竟是這麼樣一個無情的人。」

葉開也嘆了口氣，道：「無情本就是他們馬家人的天性。」

丁靈琳用眼角瞟著他，道：「你們葉家的人呢？」

這句話剛說完，就聽見身後有個人冷冷道：「他們葉家的人也差不多。」

丁靈琳還沒有回頭，葉開又嘆了口氣，道：「你大哥果然來了。」

一個人正施施然從後面走過來，羽衣星冠，白面微鬚，背後斜揹著柄形式奇古的長劍，杳黃色的劍穗飄落在肩頭。

他穿著雖然是道人打扮，但身上每一樣東西都用得極考究，衣服的剪裁也極合身，一雙保養極好的手上，戴著個色澤柔潤的漢玉斑指，無論誰都看得出那一定是價值連城的古物。

他身材修長，儒雅俊秀，可以說是個少見的美男子，但神色間卻顯得很驕傲，很冷漠，能被他看上眼的人顯然不多。

這正是江湖中的大名士，名公子，自號「無垢道人」的丁大少爺，丁雲鶴。

丁靈琳已歡呼著迎上去，身上的鈴鐺「叮鈴鈴」的響個不停。

丁雲鶴卻皺起了眉，道：「你在外面還沒有野夠？還不想回家去？」

丁靈琳嘟起了嘴，道：「人家已經不是小孩子了，大哥怎麼還是一見面就罵人？」

丁雲鶴嘆息著搖了搖頭，皺著眉看了看葉開冷冷道：「想不到閣下居然還沒有死。」

葉開微笑道：「託你的福，最近我吃也吃得下，睡也睡得著，看來一時還死不了。」

丁雲鶴嘆了口氣，道：「好人不長命，禍害遺千年，這句話真不假。」

丁靈琳嘟著嘴，道：「大哥你為什麼老是要咒他死呢？」

丁雲鶴道：「因為他若死了，你也許就會安安份份的在家裡待著了。」

丁靈琳眨了眨眼，道：「不錯，他若死了，我一定就不會在外面亂跑了，因為那時我已進了棺材。」

丁雲鶴沉下了臉，還未開口，丁靈琳忽又拉了拉他的衣袖，悄然道：「你看見門口那個人沒有？那個腰帶上插著柄劍的人。」

剛從門外走進來的人，正是路小佳。

丁雲鶴又皺起了眉，道：「你難道跟那種人也有來往？」

丁靈琳道：「你知道他是誰？」

丁雲鶴點了點頭。

看到了那柄劍，江湖上還不知道他是誰的人並不多。

丁靈琳道：「他說他要殺了你。」

丁雲鶴道：「哦？」

丁雲琳道：「你難道就這樣『哦』一聲就算了？」

丁雲鶴淡淡道：「我現在還活著。」

丁靈琳眼珠子轉了轉，道：「你難道不想跟他比比是誰的劍快？」

丁雲鶴道：「我的劍一向不快。」

內家劍法講究的本是以慢制快，以靜制動，能後發制人的，才算懂得內家劍法的真義。

丁靈琳嘆了口氣，用一雙大眼睛狠狠的去瞪著路小佳。

路小佳卻不睬她。

丁靈琳忽然大步走過去，道：「喂。」

路小佳剝了個花生，拋起。

丁靈琳道：「那邊站著的就是我大哥，你看見了沒有？」

路小佳正在看著那粒花生落下來。

丁靈琳道：「你好像說過你要殺他的。」

花生已落入路小佳嘴裡，他才淡淡的道：「我說過麼？」

丁靈琳道：「你現在爲什麼不過去動手？」

路小佳慢慢的嚼著花生，道：「巧得很，今天我剛巧不想殺人。」

丁靈琳道：「爲什麼？」

路小佳道：「今天死的人已夠多了。」

丁靈琳眼珠子又一轉，忽然笑道：「我明白了，原來你嘴巴說得雖兇，心裡卻是怕我們的。」

路小佳笑了。

他並沒有否認，因爲他的確對一個人有些畏懼。

但是他畏懼的人卻絕不姓丁。

傅紅雪站在那裡，就站在路的中央，就站在他們馬車剛才停下來的地方。就站在剛才和翠濃分手的地方。

白雲莊的客人已散了。

只要有一個人先開始走，立刻就有十個人跟著走，一百個人跟著走。除非是真正肝膽相照，患難相共的朋友，誰也不願意再留在那裡。

這種朋友並不多，絕不多。

人群倒水般從白雲莊裡湧出來，有的騎著馬，有的乘著車，也有的一面走路，一面還在竊竊私語，表示他們雖然走了，卻並不是不夠義氣，只不過這種事實在不是他們能插手的。

無論哪種人，都遠遠的就避開了傅紅雪，好像只要靠近了這個人，就會給自己帶來災禍。

但大家心裡還是在奇怪：「這個人爲什麼還留在這裡？」

傅紅雪根本沒有看見他們。

他眼睛裡根本沒有看見任何人、任何事。

對他說來，這世界已是空的，因爲翠濃已經不在這裡。

他本來以爲她一定會在這裡等他的。

他從來也沒有想到她會走，就這樣一個人悄悄的走了，甚至連一句話都沒有留下來。

她怎麼能這樣對他？

雖然他剛才也是自己一個人走了的，但他是爲了要去復仇。

他不願她陪著他去冒險。

最重要的是，他絕不會真的把她一個人留在這裡，他一定會回來找她的。

這些話他雖然沒有說出來，但是她應該明白。

因爲她應該了解他的。

有時他對她雖然很兇惡，很冷淡，甚至會無緣無故的對她發脾氣。

但那也只不過因爲他太愛她，太怕失去她。

所以有時他明知那些事早已過去，卻還是會痛苦嫉妒。

只要一想起那些曾經跟她好過的男人，他的心裡就會像針一樣在刺著。

他覺得那些男人都不配，他覺得她本來應該是個高高至上的女神。

這些話他雖然沒有說出來，但是她也應該明白的。

她應該知道他愛她，愛得有多麼深。

可是她現在卻走了；就這樣一個人悄悄的走了，連一句話，一點消息都沒有留下。

這是爲什麼？

她爲什麼會如此狠心？

風還是剛才一樣的風，雲還是剛才一樣的雲。

但是在他感覺中，這世界已變了，完全變了，變成了空的。

他手裡緊緊握著他的刀，他的心彷彿也被人捏在手裡，捏得很緊。

而且就在心的中間，還插著一根針。

一根尖銳、冰冷的針。

沒有人能想像這種悲苦是多麼深邃，多麼可怕。
除了仇恨之外，他第一次了解到世上還有比仇恨更可怕的感情。
本來他想毀滅的，只不過是他的仇人。
但這種感情卻使得他想毀滅自己，想毀滅這整個世界！
他從沒有想到自己的錯，因爲他覺得自己根本沒有錯。
所以他更痛苦。
他從來沒有想到，有句話是一定要說出來的，你若不說出來，別人怎麼會知道？

這也許只因爲他還不了解翠濃，不了解女人。
他還不懂得愛。
既不懂得應該怎麼樣被愛，也不懂得應該怎麼樣去愛別人。
但這種愛才是最真的！
你只有在真正愛上一個人的時候，才會有真正的痛苦。
這本來就是人類最大的悲哀之一。
但是只要你真正愛過，痛苦也是值得的！
夜。

群星在天上閃耀，秋樹在風中搖曳。

秋月更明。

這還是昨夜一樣的星，一樣的月。

但昨夜的人呢？

星還在天上，月還在天上。

人在哪裡？

三個月，他們已在一起共同度過了三個月，九十個白天，九十個晚上。

那雖然只不過像是一眨眼就過了，但現在想起來，那每一個白天，每一個晚上，甚至每一時，每一刻中，都不知有多少回憶。

有過痛苦，當然也有過快樂，有過煩悶，也有過甜蜜。

有多少次甜蜜的擁抱？多少次溫柔的輕撫？

現在這一切難道已永遠成了過去？

那種刻骨銘心、魂牽夢縈的情感，現在難道已必須忘記？

若是永遠忘不了呢？

忘不了又能如何？

記得又如何？

人生，這是個什麼樣的人生？

傅紅雪咬緊了牙，大步向前走出去，讓秋風吹乾臉上的淚痕。

因爲他現在還不能死！

燈昏。

小酒鋪裡的昏燈，本就永遠都帶著種說不出的淒涼蕭索。

酒也是渾濁的。

昏燈和濁酒，就在他面前。

他從未喝過酒，可是現在他想醉。

他並不相信醉了真的就能忘記一切，可是他想醉。

他本來只覺已能忍受各種痛苦，但現在忽然發覺這種痛苦竟是不能忍受的。

渾濁的酒，裝在粗瓷碗裡。

他已下定決心，要將這杯苦酒喝下去。

可是他還沒有伸出手，旁邊已有隻手伸過來，拿起了這碗酒。

「你不能喝這種酒。」

手很大，又堅強而乾燥，聲音也同樣是堅強而乾燥的。

傅紅雪沒有抬頭，他認得這隻手，也認得這聲音——薛大漢豈非也正是堅強而乾燥的人，就像是個大核桃一樣。

「爲什麼我不能喝？」

「因爲這酒不配。」

薛大漢另一隻手裡正提著一大缸酒，他將這缸酒重重的放在桌上，拍碎了泥封，倒了兩大碗。

他並沒有再說什麼，臉上的神色既不是同情，也不是憐憫。

他只是將自己面前的一碗給傅紅雪。

傅紅雪沒有拒絕。

現在已連拒絕別人的心情都沒有，他只想醉。

誰說酒是甜的？

又苦又辣的酒，就像是一股火燄，直衝下傅紅雪的咽喉。

他咬著牙吞下去，勉強忍耐著，不咳嗽。

可是眼淚卻已嗆了出來。

薛大漢看著他，道：「你以前從來沒有喝過酒？」

沒有回答。

薛大漢也沒有再問，卻又爲他倒了一碗。

第二碗酒的滋味就好得多了。

第三碗酒喝下去的時候，傅紅雪心裡忽然起了種很奇異的感覺。

他從未有過這種感覺。

桌上的昏燈，彷彿已明亮了起來，他身子本來是僵硬的，是空的，但現在卻忽然有了一種說不出的奇異活力。

連痛苦都已可偶而忘記。

但痛苦還是在心裡，刀也還是在心裡！

薛大漢看著他的刀，忽然道：「殺錯人並不是什麼了不起的事。」

沉默。

薛大漢道：「江湖上的英雄好漢們，誰沒有殺錯過人？」

還是沉默。

薛大漢道：「不說別人，就說袁秋雲自己，他這一生中，就不知殺錯過多少人。」

傅紅雪端起面前剛斟滿的酒，又一口氣灌了下去。

他知道薛大漢誤會了他的痛苦。他更痛苦。

他剛殺了一個無辜的人，心裡竟似已完全忘記了這件事，竟只記著一個女人。一個背棄了他的女人。

薛大漢又爲他斟滿了一碗酒，道：「所以，你根本不必將這件事放在心上的，我知道你是條好漢子，你……」

傅紅雪忽然打斷了他的話，大聲道：「我不是條好漢子。」

薛大漢皺眉道：「誰說的？」

傅紅雪道：「我說的。」

他又灌下這碗酒，重重的將酒碗摔在地上，咬著牙道：「我根本就不是個人。」

薛大漢笑了，道：「除了你自己之外，我保證別人絕不會這麼想。」

傅紅雪道：「那只因爲別人根本不了解我。」

薛大漢凝視著他，道：「你呢？你自己真的能了解自己？」

傅紅雪垂下頭。

這句話正是他最不能回答的。

薛大漢道：「我們萍水相逢，當然也不敢說能了解你，但我卻敢說，你不但是個人，而且是個很了不起的人，所以你千萬不要爲了任何事而自暴自棄。」

他的表情更嚴肅，聲音更緩慢，接著道：「尤其是不要爲了一個女人。」

傅紅雪霍然抬起頭。

他忽然發現薛大漢並沒有說錯他。

一個男人爲了愛情而痛苦時，那種神情本就明顯得好像青綠的樹葉突然枯萎一樣。

薛大漢道：「我還可以告訴你，她非但不值得你爲她痛苦，根本就不值得你多看她一眼。」

傅紅雪道：「你……你……你知道她……她的下落嗎？」

他連聲音都已緊張而發抖。

薛大漢點了點頭，道：「我知道。」

傅紅雪跳起來，道：「你……你說。」

薛大漢道：「我不能說。」

傅紅雪道：「爲什麼？」

薛大漢看著他，目中也露出痛苦之色，將面前的酒也一口灌了下去，才勉強點了點頭，道：「好，我說，她……她是跟一個人一起走的。」

傅紅雪道：「跟誰走的？」

薛大漢道：「跟那個趕車的小伙子。」

這句話就像是一把刀，一刀刺入了傅紅雪的胸膛。

他的痛苦已接近瘋狂。

「你說謊！」

「我從不說謊。」

「你再說我就殺了你。」

「你可以殺了我，但我說的絕不是謊話。」

薛大漢的神情沉著而鎭定，凝視著傅紅雪：「你一定要相信我，一定要相信！」

傅紅雪瘋狂般瞪著他，緊緊握著他的刀。

刀並沒有拔出來，淚卻已流下。

他也已看出薛大漢說的並不是謊話。

薛大漢道：「其實你也不能怪她，她本就配不上你，你們若勉強在一起，只有痛苦……他們才是同一類的人。」

他們！這兩個字也像是一把刀，又一刀刺入了傅紅雪的心。

難道他心裡最愛的女人，竟真的只不過是那麼卑賤下流的人？

他倒了下去，忽然就倒了下去。

然後他的眼淚就像青山間的流水般流了出來。

他總算沒有哭出聲，可是這種無聲的眼淚，卻遠比號啕痛哭還要傷心。

薛大漢沒有勸他。

無論誰都知道這種眼淚是沒有人能勸得住的。

他只是在旁邊等著，看著，等了很久，直等到傅紅雪心裡的酒和悲哀都已化作眼淚流出，他才拉起了他：「走，我們換一個地方再去喝。」

傅紅雪沒有拒絕。

他似已完全喪失了拒絕的力量和尊嚴。

這地方不但有酒，還有女人。

據說酒若加上女人，就能使各種人將各種痛苦全都忘記。

傅紅雪也許並沒有忘記，可是他的確已麻木。

第二天醒來時，他的痛苦也許更深，但那裡又有女人和酒在等著他。

看來薛大漢不但是個好朋友，而且是個好主人。

他供應一切。

他供應的傅紅雪都接受。

一個人在真正痛苦時，非但已不再有拒絕的力量和尊嚴，也已不再有拒絕的勇氣。

他一張開眼，就在等，等今天的第一杯酒。

喝完最後一杯，他就倒下去。

現在他所畏懼的事已只剩下一種——清醒。

沒有清醒的時候，難道就真的沒有痛苦？

麻木難道真的能使痛苦消失？

黃昏，還未到黃昏。

桂花的香氣，從高牆內飄散出來。

長巷靜寂。

青石板鋪成的路，在秋日午後的太陽下，看來就像是一面銅鏡。

長巷裡只有四戶人家。

城裡最豪華的妓院和客棧，都在這條長巷裡。

這條巷就叫安樓巷。

長巷的角落上，有一道月洞門，門外清蔭遍地，門裡濃香滿院。

傅紅雪推開了這扇門。

他剛穿過濃香夾道的小徑。

那裡不但有花香，還有脂粉香、女兒香。

他已在這裡醉了六天。

這裡有各種酒，各種女人——從十三歲到三十歲的女人。

她們都很美，而且都很懂得應該怎樣去討好男人。

「這些女人難道和翠濃有什麼不同？我看她們隨便哪一個都不比她差。」

這是薛大漢說的話。

傅紅雪並沒有爭辯，可是他自己心裡知道，沒有任何人能代替她。

每個男人心裡，都有個女人是其他無論任何人都無法代替的。

這也正是人類的悲哀之一。

現在他剛起來，今天的第一杯酒還沒有喝下去。

屋子裡還留著昨夜的旖旎殘香，牆壁雪白，傢具發亮，棗木架上的一盆秋菊開得正艷。

這地方就是城裡最豪華精緻的。

可是他忽然覺得這地方像是個樊籠。

他想出去走走。

他手裡雖然還是握著他的刀，但已握得遠不及昔日有力。

他臉色雖然仍是蒼白的，但已不是那種透明般的蒼白，已接近死灰。

酒是不是已腐蝕了他的尊嚴和勇氣，也已腐蝕了他的力量？

這連他自己也能感覺得到。

他的頭腦發漲，胃卻是空的，除了酒之外，任何飲食都已對他沒有吸引力。

他忽然又有了種新的恐懼。

所以他想走出這樊籠去。

長巷靜寂，桂子飄香。

傅紅雪推開了月洞門，一陣清涼的秋風正迎面吹過來。

他深深吸了口氣，正準備迎著風走過去。

就在這時候，他看見了一個人。

翠濃！

經過了無數痛苦，無數折磨之後，他忽然看見了翠濃。

但翠濃並不是一個人。

她身邊還有個小伙子，正是那趕車的小伙子。

現在無論誰也看不出他曾經是個趕車的，現在他身上穿的，至少是值二十兩銀子一件的長衫，正是城裡最時髦的花花公子們穿的那種。

他腰帶上掛著個翠綠的鼻煙壺，無邊的軟帽上還鑲著粒大珍珠。

現在他走起路來，已能昂首闊步。

但他卻是走在翠濃身後的，就正如翠濃永遠都走在傅紅雪身後一樣。

翠濃只輕輕動了動嘴，他的耳朵就立刻湊上去。

因為他身上穿的，頭上戴的，都是翠濃替他買來的，她已將他這個人買了去。

那也正是她永遠無法從傅紅雪身上得到的。

傅紅雪的人突又僵硬麻木。

風吹在身上，突然似已變成熱的，就像是從地獄中吹來的那麼熱。

他全身都似已燃燒。

刀也似已燃燒。

他手裡還有刀，他可以衝過去，可以在一刹那間就殺了這個人。

但他卻只是動也不動的站在那裡。

因爲他突然覺得一種無法形容的羞慚，竟不敢去面對他們。

應該羞慚的本是別人，可是他竟覺得沒有臉去面對他們。

這是種什麼樣的心情，這是種多麼可怕的痛苦。

除了他自己之外，又有誰能了解。

「算了，算了，算了……」

他想轉過身，不再去看他們。

可是他全身都無法移動。

連眼睛都不能移動。

「算了，算了，算了……」

既然她果然是這種人，還有什麼值得悲哀、痛苦的？

可是他的淚卻似又將流下。

他眼看著他們走入了對面一家最大的客棧。

翠濃走在前面，那小伙子跟在身後。

還是無法移動。

也不知過了多久，他才感覺到有一雙柔滑美麗的手伸過來，握著了他的手。

「你怎麼站在這裡發怔？薛大爺正在到處找你喝酒呢。」

對，喝酒。

他爲什麼不能喝酒？

他爲什麼要清醒著忍受這種屈辱和痛苦。

於是又再喝，再醉。

醉了又醒，醒了又醉。

尊嚴、勇氣、力量，都已傾入樽中。

現在他已只剩下那把刀。

刀鞘漆黑，刀柄漆黑。

握刀的蒼白的手，卻似已有些顫抖。

現在他還沒有喝他今天的第一杯酒。

一個笑渦很深，笑得很甜的少女，正爲他們斟第一杯酒。

薛大漢在對面看著。

琥珀色的酒，盛在天青瓷杯中，已盛滿。

傅紅雪剛想端起這杯酒，他知道只要這杯酒喝下去，他的痛苦就會減輕。

他帶著急切的渴望伸出了他的手。

可是薛大漢的手卻已先伸過來，突然一掌打翻了這杯酒。

傅紅雪怔住。

薛大漢臉上已沒有以前那種充滿豪爽友情的笑容，沉聲道：「你今天還想喝酒？」

傅紅雪遲疑著，還是點了點頭。

薛大漢沉著臉，道：「你知不知道你已經喝了我多少酒？」

傅紅雪不知道，他已記不清，算不清。

那笑渦很深的少女卻甜笑著道：「到今天爲止，傅大少的酒帳已經有三千四百兩。」

薛大漢道：「他付了多少？」

少女笑得更甜，道：「一文也沒有付。」

薛大漢冷笑，道：「一文錢都沒有付，憑什麼還在這裡喝酒？」

少女嫣然道：「因爲他是薛大爺的客人。」

薛大漢道：「不錯，他是我的客人，我可以請他一兩次，但你總不能要我請他一輩子吧。」

少女吃吃笑道：「當然，他又不是薛大爺的兒子，薛大爺憑什麼要請他一輩子。」

薛大漢冷冷道：「我以前請他，因爲我覺得他還像是個英雄，誰知道他竟是個專吃白食的狗熊，連一點出息都沒有。」

傅紅雪全身又已因羞憤而發抖。

可是他只有忍受。

因爲他自己也知道，別人的確沒有理由請他喝一輩子酒。

他用力咬著牙，慢慢的站起來。

他左腿先邁步出去，右腿再慢慢的跟上去。

他走得更慢，因爲他的腿似也有些麻木。

薛大漢突然道：「你想走？」

傅紅雪道：「我……我已該走了。」

薛大漢道：「你欠的酒帳呢？」

傅紅雪閉著嘴。

他無法回答，也無話可說。

薛大漢道：「前三天的帳，我可以請你，但後面的十一天……」

那少女立刻接著道：「後面十一天的帳是二千八百五十兩。」

薛大漢道：「你聽見沒有，二千八百五十兩，你不付清就想走？」

沒有回答，還是無話可說。

薛大漢道：「你是不是沒錢付帳？好，留下你的刀來，我就放你走！」

「留下你的刀來！」

傅紅雪耳畔彷彿響起了一聲霹靂。

「留下你的刀來！」

傅紅雪的人似已完全崩潰。

薛大漢臉上卻帶著種惡毒的獰笑，現在他才露出了他的真面目。

又不知過了多久，傅紅雪才從他緊咬著的齒縫中吐出九個字：「誰也不能留下我的刀！」

薛大漢大笑。

「這句話如果是你以前說我也許還會相信，只不過現在……」

「現在怎麼樣？」

「現在你已不能說這句話，已不配說！」

傅紅雪霍然回頭，連眼睛都已變成血紅，可是他總算看到了薛大漢的真面目。

薛大漢冷笑，道：「今天你若不留下這柄刀，只怕就得留下你的頭！」

「留下你的頭！」

原來薛大漢對傅紅雪所做的一切事，就是爲了等著說這句話。

原來這本就是個陰謀。

刀還在手裡，傅紅雪還是隨時都可以拔出來。

可是他已完全喪失了那種一刀置人於死的自信，那麼奇妙的自信。

因爲他的勇氣、尊嚴和自信，都已傾入酒中。

「拔你的刀！」

薛大漢已站起來，就像是個巨神般站了起來。

「難道現在你已不敢拔刀？」

他的聲音中不但充滿譏誚，而且充滿自信。

因爲他很了解傅紅雪的武功，更了解傅紅雪這些天來失去了些什麼。

他已有把握。

這種把握正如傅紅雪一刀刺入袁秋雲胸膛時的把握一樣！

他知道傅紅雪只要一拔刀，就得死於刀下，也正如以前他只要一拔刀，別人就得死在他刀下的情況完全一樣。

這是種多麼可怕的變化。

這種變化是誰造成的？是怎麼樣造成的？

情是何物？

傅紅雪沒有拔刀。

他不能拔刀。

因爲他的刀似已不在他的手裡，而在他的心上！
他的心正在滴著血。
痛苦、悔恨、羞辱、憤怒。
這一切，全都是爲了一個女人，爲了一個跟那馬車夫走入客棧中的女人。
「算了，算了，算了……」
拔刀又如何？
死又如何？
愛情和仇恨同時消滅，生命也同時消滅，豈非還落得個乾淨？
一個人若在如此痛苦和羞辱中還要活著，那無論爲了什麼原因也不值得。

他已決定拔刀！

黃昏。
秋雲低垂，大地蒼茫。
傅紅雪已準備拔刀。
但這時忽然聽見有人在笑。
是路小佳在笑。

不知道什麼時候，他已出現在窗口，正伏在窗台上笑。

他的笑聲中，彷彿永遠都帶著種無法形容的譏誚和嘲弄之意。

傅紅雪的心沉了下去，他本來縱然還有一線希望，現在希望也已完全斷絕。

路小佳帶著笑，道：「美酒盈樽，美人如玉，你們難道就準備在這裡拚命？」

薛大漢道：「殺人難道還要選地方？」

路小佳道：「當然要。」

他微笑著，又道：「我殺人比你們內行，我可以保證，這裡絕不是殺人的地方。」

薛大漢道：「你要替我們選個地方？」

路小佳點點頭，道：「這花園裡就不錯，你們無論從什麼地方倒下去，我保證都一定倒在花下。」

卅二　小李飛刀

暮靄蒼茫，花叢間彷彿籠上了一層輕紗。

但這美麗的庭園中，此刻卻像是忽然充滿了淒涼蕭索之意。

路小佳一翻身，坐在窗台上，悠然道：「秋天的確是殺人的好天氣，我一向喜歡在秋天殺人的。」

薛大漢道：「只可惜今天已用不著你動手。」

路小佳微笑道：「自己沒有人可殺時，看著朋友殺人也不錯。」

薛大漢道：「我保證你一定可以看得到。」

路小佳道：「我相信。」

他轉過頭，帶著微笑，看看傅紅雪，又道：「其實今天被殺的人本不該是你。」

傅紅雪就站在花徑盡頭，聽著。

路小佳道：「老薛的武功剛猛凌厲，雖然已是一流高手，但你的刀卻似有種神秘的魔力，你本來可以殺了他的。」

沉默。

路小佳道：「可是現在已不同了，因爲你對自己都已沒有信心，你的刀又怎麼會對你有信心？」

還是沉默。

路小佳道：「現在你已不相信你的刀，你的刀也已不再相信你，所以你已必將死在老薛手下。」

傅紅雪握刀的掌心已沁出冷汗。

「看著你這麼樣一個人被別人殺死，實在是件很遺憾的事，但這也不能怪別人，只能怪你。」

他輕輕嘆了口氣，接著道：「一個人若想要報仇，就不能愛上任何女人，一個人若想在江湖中活得長久，也不能愛上任何女人，何況你愛上的只不過是個人盡可夫的婊子。」

傅紅雪只覺得心又在後縮，忽然道：「一個人若想活得長久，話也不能說得太多。」

路小佳笑道：「這倒也是句老實話，今天我的話實在說得太多了。」

他捏碎粒花生，剝開，拋起，忽又笑道：「但你的話卻說得太少。」

傅紅雪道：「哦？」

路小佳已接住了花生，慢慢咀嚼，道：「你本該問問他，爲何要殺你的。」

傅紅雪道：「我不必問。」

路小佳道：「爲什麼？」

傅紅雪道：「因爲我已知道。」

路小佳道：「你知道甚麼？」

傅紅雪目中露出痛苦之色，一字字道：「我知道他必定也是那天在梅花庵外的刺客之一。」

路小佳忽然大笑，道：「今年他還不到三十，那時他還是個孩子，你爲何不算算他的年紀？」

傅紅雪怔住。

路小佳道：「只不過你既然可以爲你的父親復仇，他當然也可以爲他的父親殺了你。」

傅紅雪終於明白。

薛大漢雖不是白家的仇人，他父親卻無疑是的。

這一切陰謀，只不過是爲了阻止傅紅雪去殺他的父親。

誰能說他做錯了？

他用的方法也許不正當，但一個人若要阻止別人去殺他的父親，無論用什麼法子，都沒有人能說他是不對的。

薛大漢一直沒有開口，他已將全身真力全都運達四肢。

那巨大的身軀，看來似乎又已高大了些。

他用的兵器是柄五十三斤重的大鐵斧，看來這一斧之力，連山石都難以抗拒。

傅紅雪長長吸了口氣，道：「好，現在你已不妨出手了。」

薛大漢冷冷道：「我讓你先拔刀，還是一樣可以殺你。」

突聽一人大喊。

「你若要殺他，就得先殺了我。」

聲音雖嘶啞，仍是動聽的。

一個人從花徑那頭，急奔了過來，很少有人在奔跑時還能保持那種優美的風姿。

可是她梳理光潔的鬢髮已凌亂，臉上的焦急和恐懼也不是裝出來的。

一個小伙子在後面追來，想拉她。

「你何必管人家的事？」

可是他的話還沒有說完，就被她翻身一掌摑倒在地上。

薛大漢和路小佳卻很驚異，同時失聲：「是你！」

他們實在想不到來的這女人竟是翠濃，更想不到這種女人竟肯為傅紅雪死。

在這一瞬間，最驚訝、最痛苦、也最歡喜的，當然還是傅紅雪。

沒有人能了解他此刻的心情，也沒有人能形容得出來。

翠濃已奔過來，擋在他面前。

薛大漢道：「你來幹什麼？」

翠濃道：「我不能看著他死。」

薛大漢冷笑，道：「你能保護他？」

翠濃道：「我不能，但我卻能比他先死。」

薛大漢道：「你真的肯為他死？」

翠濃道：「否則我為何要來？」

薛大漢道：「那時你為何要走呢？」

翠濃道：「因為……因為那時我以為他討厭我，看不起我，我以為他根本不想要我。」

她目中忽然湧出淚珠，接著道：「但現在我才知道，他是真心喜歡我的，以前他對我那種樣子，只不過因為他天生的怪脾氣。」

薛大漢冷笑。

翠濃流著淚，道：「現在我也明白，只要他是真心喜歡我，我也真心喜歡他，其他的事全不重要，何況……這些天來他過的是什麼日子，我也知道。」

她用力咬住嘴唇，又道：「若不是為了我，就憑你們，又怎麼敢這樣子對他？」

薛大漢冷笑道：「你難道真要我殺了你？」

翠濃道：「當然是真的，他若因我而死了，難道我還能活得下去？」

薛大漢道：「很好，那麼我就成全了你。」

突聽傅紅雪道：「等一等！」

薛大漢冷冷道：「難道你也要搶著先死？」

傅紅雪不再回答，不再說話。

他已不必再說話，因爲他的態度已說明了一切。

就在這一瞬間，他的人又完全變了。他的心本是緊緊收縮著的，就像是一團被人揉在掌心的紙。

一個人的心若已碎了，他縱然還有力量，也不願再使出來，無法再使出來。人類所有的一切，本就是隨著心情而變化的。酒並不能眞的毀了他，眞正毀了他的，是他內心的痛苦和絕望。

現在他的心已開展。他的態度忽然又變得充滿了自信，因爲他已知道他所愛的人並沒有背叛他，他握刀的手又變得出奇的鎭定。

薛大漢看著他，心裡忽然生出種無法形容的恐懼，他也知道現在若不能殺了這個人，以後就永遠不會再有機會。

他狂吼一聲，衝了過去，五十三斤重的大鐵斧，已化作了一陣狂飈。

花被震碎了，殘花在斧風中飛起。然後風聲突然停頓，殘花慢慢的飄下來……

鐵斧高舉在那裡，動也不動，薛大漢的人也動也不動的站在那裡。

傅紅雪的人已到了他面前，就站在鐵斧下。他的刀卻已刺入了薛大漢的心臟，只剩下一截漆黑的刀柄！

漆黑的刀柄還在手裡，臉卻是蒼白的，蒼白得透明。

薛大漢手裡的大鐵斧終於落下來，他眼珠已凸出，瞪著傅紅雪，就像別的那些死在傅紅雪刀下的人一樣，眼睛裡充滿了懷疑和不信。

可是他現在已必須相信，這個人，這柄刀，的確有這種神秘的魔力。

傅紅雪沒有看他，只是看著手裡的刀。

「嗆」的一聲，刀已入鞘。

薛大漢居然還沒有倒下去，卻忽然長長的吐出了口氣，彷彿是悲哀，嘆息。

「我本來想把你當做朋友的。」

這是他最後說的一句話。然後他就倒下去，倒在花下。

傅紅雪還是沒有看他，但也不知爲了什麼，冷漠的眼睛裡竟也露出種悲傷的表情。

「我本來並不想殺你。」

這句話他並沒有說出來，但有些話本就是不必說出口來的。

殘花已落盡，有些花瓣，正落在薛大漢身上。

路小佳還是坐在那裡，他也並沒有去看他朋友的屍體，他在看著傅紅雪手裡的刀，一雙冷漠的眼睛突然變得熾熱了起來。

「好快的刀！」

沒有回應。

路小佳忽然笑了，深沉的接著道：「只可惜還並不十分快。」

傅紅雪還是沒有回應，因爲他自己心裡也能感覺得到，他雖已殺了薛大漢，但那並不能表示他的刀已恢復到以前那麼快。十三天來的痛苦折磨，就算鐵打的人，也會受到損害。

路小佳的情況卻似在巔峰中。

所以他笑得很愉快，也很殘忍，緩緩道：「現在我們心裡一定都明白一件事。」

傅紅雪沒有問。因爲他的確知道路小佳這句話的意思！

「我若要殺你，今天就是我最好的機會，只有呆子才會錯過這種機會。」

翠濃失聲道：「你……你也想殺他？」

路小佳笑了笑，道：「你看我像是個呆子？」

他微笑著，剝開顆花生，拋起。

他的手乾燥而鎮定，但是他拋起的花生卻忽然不見了。

花生突然被一種很奇怪的力量吸到後面去，落在一個人嘴裡。

這人就坐在屋子裡剛才傅紅雪坐的地方，慢慢的咀嚼著花生，端起了酒杯。

傅紅雪一回頭就看見了他。

葉開！這陰魂不散的葉開！

葉開在微笑，微笑著喝下那杯酒。

路小佳忽然也笑了，道：「桌上還有菜，你何必搶我的花生下酒？」

葉開微笑道：「因爲能吃到你花生的機會並不多，也只有呆子才會錯過這種機會的。」

路小佳道：「你看來也不像是個呆子。」

葉開道：「所以我還活著。」

路小佳大笑。他的人突然隨著笑聲掠出，只一個翻身，就消失在蒼茫的幕色裡。

葉開又爲自己倒了杯酒，喃喃道：「看來這年頭的呆子愈來愈少了。」

燈已燃起，是葉開自己燃起的。屋裡已沒有別的人，那笑渦很深的少女也已不見蹤影。

燈燃起的時候，傅紅雪就出現在門口，他看著葉開手裡的酒，但現在酒已對他完全沒有吸引力。

葉開自己喝下了這杯酒，微笑道：「我不敬你，因爲我知道你現在已不會再喝酒的。」

傅紅雪盯著他。

葉開道：「但你還是可以進來坐坐，這裡……」

傅紅雪忽然打斷了他的話，道：「是誰叫你來的？說！」

葉開道：「我自己有腦子。」

傅紅雪道：「你爲什麼總是要來管我的事？」

葉開道：「誰管了你的事了？」

傅紅雪道：「剛才你……」

葉開道：「剛才我只不過吃了路小佳一顆花生而已，那難道也是你的事？」

傅紅雪閉緊了嘴。

葉開忽然嘆了口氣，道：「這年頭的呆子雖愈來愈少，但一兩個總還是有的。」

翠濃垂著頭，慢慢的穿過花徑。

夜色已籠罩大地。

她臉上的淚痕還沒有乾，眼睛裡又有了淚光。然後她就聽到了身後的腳步聲，一種奇特，緩慢的腳步聲。

她自己也走得很慢。

風在吹，秋星一粒粒升起，遠處彷彿有人在吹笛。

秋夜的笛聲，彷彿總是令人斷腸的。

門就在前面，她已將走出門，但就在這時，她聽到有人輕喚：「你——」

傅紅雪的眼睛在星光下看來就像是秋月下清澈的湖水。

翠濃停下來，轉過身。

傅紅雪凝視著她，道：「你又要走？」

翠濃又點了點頭，又搖了搖頭。

傅紅雪道：「你爲什麼從不等我？」

翠濃垂下頭，道：「你……你幾時要我等過你？」

這句話也像是一根針，一根尖銳，但卻並不是冰冷的針。

傅紅雪突然衝過去，緊緊擁抱住她。

他抱得真緊，他的淚水湧出時，翠濃的哭聲已響遍在這充滿花香的秋風裡。

「我以爲你永遠不會再要我了。」

「爲什麼？你爲什麼會這麼想？」

「因爲……因爲你看見了我跟那個人……」

「那不能怪你。」

「……」

「你以爲我看不起你，不要你了，所以才會去找別人。」

「你真的不恨我？」

「那本是我的錯，我怎麼能怪你。」

「可是我……」

「不管你怎麼樣，都已經是過去的事情了，我們爲什麼不能夠將過去的事情忘記？」

「你真的能忘記我過去那些……」

「我只希望你也能忘記我過去對你的那些不講理的事。」

翠濃笑了。她臉上的淚痕雖然還未乾，可是她笑了，笑得那麼溫柔，那麼甜蜜。

她甜笑著，在他耳畔低語。

「你真的是傅紅雪？」

「當然是。」

「可是你爲什麼好像忽然變了個人呢？」

「因爲我的確已變了。」

「怎麼會變的？」

「……」

翠濃道：「你不肯告訴我？」

傅紅雪終於輕輕嘆息了一聲。

「我也不知道我怎麼會變的，我只知道離開了你十二天之後，再也不想離開你一刻了。」

翠濃緊緊擁抱住他，淚珠又一連串流下來。

但這已是幸福快樂的淚珠，這種淚珠遠比珍珠還珍貴。

人，畢竟是人。就算他心上真的有一層冰，冰也有溶化的時候。

愛的力量永遠比仇恨偉大。有時仇恨看來雖然更尖銳，更深切，但只有愛的力量才是永恆不變的。

現在坐在窗台上的，是葉開。

風吹過的時候，他身後隱隱有鈴聲輕響。

他們看著傅紅雪和翠濃穿過花徑，走出去，消失在夜色間。

丁靈琳忽然輕輕嘆了口氣，道：「看來他現在已漸漸變得像是個人了。」

她說的他，當然就是傅紅雪。

現在無論葉開走到哪裡，她就跟到哪裡，剛才她沒有出現，因爲，她一直都在後面監視著這裡的女孩子們。

她並不是怕別的，只不過不願她們見到葉開，也不願葉開見到她們。

連她自己都承認她是個很會吃醋的女人。

葉開道：「你認爲以前他不是個人？」

丁靈琳道：「至少我沒有看見過像他那樣的人。」

這點葉開也不能不承認。

丁靈琳道：「我也從來沒有想到，他真的會爲翠濃那麼痛苦。」

葉開忽然笑了笑，道：「你認爲他痛苦真的是爲了她？」

丁靈琳道：「難道不是？」

葉開搖搖頭。

丁靈琳道：「你認爲他痛苦是爲了什麼？」

葉開道：「他一直認爲自己比翠濃高尚，一直認爲翠濃配不上他。」

丁靈琳道：「這倒一點也不假。」

葉開道：「所以等到翠濃離開他的時候，他才會感覺特別痛苦，因爲他總認爲翠濃應該像狗一樣跟著他的。」

丁靈琳道：「你認爲他痛苦只不過因爲他的自尊受到了傷害？」

葉開道：「那當然也因爲他覺得自己受了欺騙，無論是什麼樣的男人，被女人欺騙時都會覺得很痛苦的，就算他根本不愛那個女人，也同樣痛苦。」

丁靈琳道：「你認爲他根本不愛翠濃？」

葉開道：「我並不是這意思。」

丁靈琳道：「你是什麼意思？」

葉開道：「我的意思是說，翠濃若不離開他，他總有一天也會離開翠濃，在那種情況下，他就絕不會痛苦了。」

丁靈琳道：「為什麼？」

葉開道：「因為他跟別的人不同。」

丁靈琳道：「有什麼不同？」

葉開道：「他是在仇恨中生長的，所以……」

丁靈琳道：「所以他就算真的愛翠濃，也還是忘不了他的仇恨！」

葉開道：「絕對忘不了。」

丁靈琳道：「看來你好像很了解他。」

葉開輕輕嘆息了一聲，道：「世上絕沒有任何人比我更了解他。」

丁靈琳道：「為什麼？」

葉開突然沉默。

丁靈琳道：「是不是因為你也跟他一樣，是在仇恨中生長的？」

葉開沉默了很久，緩緩道：「也許是的，可是我跟他並不相同。」

丁靈琳道：「為什麼？」

葉開目光凝視著遠方的一顆明星，道：「因為我曾經遇到過一個人。」

丁靈琳道：「一個什麼樣的人？」

葉開道：「一個神奇的人，世上假如真的有神存在，他就是神。」

丁靈琳道：「就是他改變了你的一生？」

葉開點點頭。

丁靈琳咬著嘴唇，也沉默了很久，才輕輕問道：「他是個男人，還是個女人？」

葉開笑了。

丁靈琳瞪起了眼，道：「一定是個女人，是個什麼樣的女人？」

葉開道：「他若是女人，世上所有的人就全都是女人了。」

丁靈琳道：「這是什麼意思？」

葉開目中忽然露出一種說不出的崇敬之色，道：「我看見過很多人，各式各樣的人我都看過，但只有他，才配稱得上是個真正的男子漢。」

丁靈琳也笑了。

葉開道：「我從未看過比他更偉大的人。」

丁靈琳道：「他一定很豪爽，很有義氣。」

葉開道：「又何止如此而已，就算將世上所有稱讚別人的話，全都加到他身上，也不能形容他的偉大於萬一。」

丁靈琳道：「你佩服他？」

葉開道：「又何止是佩服而已，他就算叫我立刻去死，我也願意。」

他又嘆息了一聲，道：「但他顯然不會叫我去死的，他一向只會爲了別人，犧牲自己。」

丁靈琳聽得眼睛裡也發出了光，道：「他究竟是誰呢？」

葉開道：「你應該聽說過他的。」

丁靈琳道：「哦？」

葉開道：「他姓李……」

丁靈琳聳然道：「莫非是小李探花？」

葉開笑道：「我就知道你一定聽說過他。」

丁靈琳眼睛裡立刻也露出同樣的尊敬之色，嘆息著道：「我當然聽說過他……世上又有誰沒有聽說過他的呢？」

葉開道：「他的所作所爲，的確令人很難忘記。」

丁靈琳道：「尤其是他和上官金虹那一戰，江湖上雖然沒有人真的看見過，可是在傳說中，那一戰簡直比神話還要神奇。」

葉開笑道：「我至少聽五百個人談起過那一戰，每個人的說法居然都不同。」

丁靈琳笑道：「我也聽過很多種說法，誰都堅持認爲自己說的那一種才是正確的，誰都認爲別人說的是謊話。」

葉開道：「但至少有一點，卻是每個人都不能不承認的。」

丁靈琳道：「哪一點？」

葉開道：「小李飛刀，例不虛發！」

他眼睛煥發著光，接著道：「無論誰都不能不承認，到現在爲止，普天之下，還沒有人能避開他的那一刀的！」

丁靈琳的眼睛也在發著光，嘆息著道：「只可惜他的那一刀已成絕響，我們是再也看不到的了。」

葉開道：「誰說的？」

丁靈琳道：「據說他殺了上官金虹後，就封刀退隱，再也不問江湖間的事。」

葉開笑笑。

丁靈琳道：「他若非退隱世外，江湖中爲什麼從此就聽不見他的消息？」

葉開又笑笑。

丁靈琳道：「你難道知道他的消息？」

葉開沉吟著，終於道：「追查梅花盜，威震少林寺，決戰上官金虹，那些只不過是他一生中的幾件小事而已。」

丁靈琳道：「那些事還是小事？」

葉開道：「他破了金錢幫之後，在江湖中又不知做了多少驚天動地的事。」

丁靈琳道：「真的？」

葉開道：「我爲什麼要騙你？」

丁靈琳道：「他又做了些什麼事？」

葉開道：「你若聽到了那些事，我敢保證你一定會熱血沸騰，晚上連覺都睡不著。」

丁靈琳道：「這些驚天動地的大事，我爲什麼連一件都沒有聽到？」

葉開微笑道：「虬髯客在海外威鎮十國，自立爲王，李靖都不知道，小李探花做的事，你一個小小的女孩子又怎會知道？」

他不讓丁靈琳開口，接著又道：「真正的大英雄大豪傑，做事一向是不願被俗人知道的。」

丁靈琳撇了撇嘴，道：「我是俗人，你呢？」

葉開笑道：「我也是俗人，只不過我的運氣比你好些。」

丁靈琳拉起了葉開的手，甜笑著道：「你能不能將那些事說來給我聽聽？……我寧願晚上不睡覺也要聽。」

葉開道：「等有空的時候，我說不定會講給你聽聽的。」

丁靈琳笑得更甜，柔聲道：「那麼現在你就說好不好？」

葉開道：「現在我沒空。」

丁靈琳道：「先說一兩件行不行？」

葉開道：「不行。」

丁靈琳的嘴嘟起來了，重重的甩下他的手，道：「人家一有事求你，你就擺起架子來了。」

葉開笑道：「架子當然要擺的。」

丁靈琳嘟著嘴，道：「憑什麼？」

葉開道：「就憑那些故事，無論誰知道那麼精彩的故事，都有資格可以擺擺架子。」

丁靈琳眨著眼，道：「真的那麼精彩？」

葉開道：「我保證你從未聽過那樣精彩、那麼令人感動的事。」

丁靈琳的態度又軟了，陪著笑道：「那麼我就讓你擺擺架子，你要茶，我就去替你倒茶，你要喝酒，我就去替你倒酒，這樣行不行？」

葉開道：「還是不行。」

丁靈琳道：「為什麼？」

葉開道：「因為我現在真的沒空。」

丁靈琳道：「你現在要幹什麼？」

葉開道：「我要趕著到好漢莊去。」

丁靈琳道：「好漢莊？」

葉開道：「好漢莊就是薛家莊。」

丁靈琳道：「就是薛大漢的家？」

葉開道：「好漢莊的莊主，就是那薛大漢的老子薛斌。」

丁靈琳道：「你要趕去報凶訊？」

葉開道：「我不是烏鴉。」

丁靈琳道：「那你趕去幹什麼？」

葉開道：「我若猜的不錯，傅紅雪現在想必也在急著趕到那裡去。」

丁靈琳道：「他去你就要去？」

葉開笑笑。

丁靈琳道：「你對他的事，爲什麼總是比對我還關心？」

葉開又笑笑。

丁靈琳盯著他道：「我總覺得你跟他好像有點很特別的關係，究竟是什麼關係？」

葉開笑道：「你難道連他的醋也要吃？莫忘記他是個男人。」

丁靈琳道：「男人又怎麼樣？男人跟男人，有時候也會……」這句話沒說完，她自己也笑了。

紅著臉笑了。

葉開卻在沉思著，道：「想當年，薛斌也是條好漢，一百零八招開天闢地盤古神斧，也曾橫掃過太行山，卻不知現在怎麼樣了。」

丁靈琳道：「你難道生怕傅紅雪不是他的對手，所以要趕去相助？」

葉開笑了笑，道：「若連傅紅雪的刀都不是他的敵手，我趕去又有什麼用？」

丁靈琳凝視著他，道：「你的功夫難道遠不如傅紅雪？」

葉開道：「據我所知，他刀法很快，當今天下已沒有人能比得上。」

丁靈琳道：「可是我聽到很多人說過，你也有柄很可怕的刀。」

葉開道：「哦？」

丁靈琳道：「而且是柄看不見的刀。」

葉開道：「哦？」

丁靈琳道：「你少裝糊塗，我只問你，你的那柄刀，是不是小李飛刀的真傳？」

葉開嘆了口氣，道：「小李飛刀就是小李飛刀，除了小李探花自己的之外，就沒有第二家。」

丁靈琳道：「爲什麼？」

葉開道：「因爲那種刀本就是沒有人能學得會的。知道了吧！」

丁靈琳道：「你呢？」

葉開苦笑道：「我若能學會他的一成，就已心滿意足。」

丁靈琳嫣然道：「想不到你居然也會變得這麼謙虛起來了。」

葉開道：「我本來就是個很謙虛的人。」

丁靈琳道：「只可惜有點不老實。」

葉開正色道：「所以你最好還是不要跟著我，我毛病若是來了，忽然把你強姦了也說不定。」

丁靈琳的臉又紅了。她咬著嘴唇，用眼角瞟著葉開道：「你要是不敢，你就是個龜孫子。」

卅三　刀下亡魂

凌晨，秋寒滿衾。

翠濃醒了，她醒得很早，可是她醒來的時候，已看不見她枕畔的人。

枕上還殘留傅紅雪的氣息。可是他的人呢？

一種說不出的孤獨和恐懼，忽然湧上翠濃的心，她的心沉了下去。

她還記得昨夜傅紅雪說的話：「有些事你雖然不想做，但卻非做不可。」

當然她也承認。無論誰在這一生中，至少都做過一兩件他本不願做的事。

現在她終於明白傅紅雪這句話的意思。

「我不想走的，但是我不能不走。」

風吹著窗紙，蒼白得就像是她的臉。

風真冷。

她癡癡的聽著窗外的風聲，她並沒有流淚，可是她全身卻已冰冷。

乳白色的晨霧剛剛從秋草間升起，草上還帶著昨夜的露珠，一條黃泥小徑蜿蜒從田陌間穿出去。傅紅雪走在小徑上，手裡緊緊握著他的刀，左腿先邁出一步，右腿再跟著慢慢的拖過去。

漆黑的刀，蒼白的臉。

「我不想走的，可是我不能不走！」

他也並沒有流淚，只不過心頭有點酸酸的，又酸又苦又澀。

可是他的痛苦並不深，因爲這次並不是翠濃離開了他，而是他主動離開了翠濃。

「……我只知道離開了你十二天之後，再也不想離開你片刻。」

對這句話，他並不覺得歉疚，因爲當時說這句話的時候，他的確是真心的。

那時本是他最軟弱的時候。一個人空虛軟弱時，往往就會說出些連他自己也想不到自己會說出來的話。

當時他的確想她，感激她，需要她。因爲她令他恢復了尊嚴和自信，令他覺得自己並不是個被遺棄了的人。

然後他的情感漸漸平靜。

然後他就想起了各種事，想起了她的過去，她的職業，她的虛榮。

想起了她悄悄溜走的那一天，尤其令他忘不了的是，那趕車的小伙子摟著她走入客棧的情況。

那十三天，他們在做什麼？是不是也在……

他擁抱著她光滑柔軟的胴體時，忽然覺得一陣說不出的噁心。

「……那已是過去的事，我們爲什麼不能將過去的事一起忘記？」

現在他才知道，有些事是永遠忘不了的，你愈想忘記它，它愈要闖到你的心底來。

那時他不禁又想起她一掌將那小伙子摑倒在地上的情況。

「以後說不定她還是會悄悄溜走的，因爲她本就是個無情無義的人。」

忽然間，所有的愛全都變成了恨，他本來就是生長在仇恨中的。

「何況我本來就無法供養她，何況我要去做的事她本就不能跟著。」

「我走了，反而對她好。」

「現在她可以去找別人了，去找比我更適合她的人，很快她就會將我忘記。」

「過兩年，她說不定真能將銀子一車車運回去。」

一個人若要爲自己找藉口，那實在是件非常容易的事。

一個人要原諒自己更容易。

他已完全原諒了自己。翠濃若是永遠不再回來，他也許會思念一生，痛苦一生，可是她現在已回來。

他情感的創傷，很快就收起了口，結起了疤，傷疤是硬的，硬而痲木。

「既然她遲早要走，我爲什麼不先走呢？」

秋意很深，秋色更濃。

遠山是枯黃色的，秋林也是枯黃色，在青灰色的蒼穹下，看來有種神秘而淒艷的美。

傅紅雪慢慢的走過去。他走得雖慢，卻絕不留下來，因爲他知道秋林後就是好漢莊。

好漢莊就像它的主人一樣，已在垂垂老矣。

牆上已現出魚紋，連油漆都很難掩飾得住，風吹著窗櫺時，不停的「格格」發響。

陽光從窗外照進來，正照在架上的鐵斧上。

一柄六十三斤的大鐵斧。

薛斌背負著雙手，站在陽光下，凝視著這柄鐵斧。

在他說來，這已不僅是柄斧頭而已，而是曾經陪他出生入死，身經百戰的伙計。三十年前，這柄鐵斧陪他入過龍潭，闖過虎穴，橫掃過太行山。現在這柄鐵斧還是和三十年前一樣，看來還是那麼剛健，還是在閃閃的發著光。

可是鐵斧的主人呢？

薛斌抬起手掩住嘴，輕輕的咳嗽著，陽光照在他身上，雖然還只不過是剛升起來的陽光，但在他感覺中，卻好像是夕陽。

他自己卻連夕陽無限好的時光都已過去，他的生命已到了深夜。

棗木桌上，有一捲紙，那正是他在城裡的舊部，用飛鴿傳來的書信。

現在他已知道他的朋友和兒子都已死在一個少年人的刀下，這少年人叫傅紅雪。

薛斌當然知道這並不是他的真名實姓。他當然姓白。

白家的人用的刀，卻是漆黑的——刀鞘漆黑，刀柄漆黑。

薛斌很了解那是柄什麼樣的刀。他曾親眼看到過同樣的一柄刀，在眨眼間連殺三位武林中的一流高手。

現在他身上還有一條刀疤，從喉頭直穿臍下，若不是他特別僥倖，若不是對方力已將竭，這一刀已將他劈成兩半。直到十幾年後，他想起那時刀光劈下時的情況，手心還是會忍不住淌出冷汗。有時他在睡夢間都會被驚醒，夢見有人又拿著同樣一柄漆黑的刀來找他，將他一刀劈成兩半。

現在這人果然來了！

鐵斧還在閃著光。

他挽起衣袖，緊握住斧柄，揮起。

昔年他也曾用這柄鐵斧，劈殺太行巨盜達三十人之多，但現在這柄鐵斧卻似已重得多了，有時他甚至已不能將它使完那一百零八招。

他決心還要再試一試。

大廳中很寬闊，他揮舞鐵斧，移身錯步，剎那間，只見斧影滿廳，風聲虎虎，看來的確還有幾分昔年橫掃太行山的雄風威力。

可是他自己知道，他已力不從心了。使到第七十八招式，他已氣喘如牛，這還只不過是他自己一個人在練，若是遇到強敵時，只怕連十招都很難。

他喘息，放下鐵斧。

桌上有酒。他喘息著坐下來，爲自己斟了滿滿一杯，仰起脖子喝下去。

他發現自己連酒量都已大不如前了，以前他可以連盡十觥，現在只不過喝了三大杯，就已酒意上湧，連臉都紅了。

一個白髮蒼蒼的老家人，佝僂著身子，慢慢的走了進來。

他幼時本是薛斌的書僮，在薛家已近六十年。

少年時，他也是個精壯的小伙子，也舞得起三十斤重的鐵斧，也殺過些綠林好漢。但現在，他不但背已駝，腰已彎，身上的肌肉已鬆弛，而且還得了氣喘病，走幾步路都會喘起來。

薛斌看見他，就好像看見自己一樣。

「歲月無情，歲月爲什麼如此無情？」

薛斌在心裡嘆了口氣，道：「我吩咐你的事，已辦妥了嗎？」

其實他本不必問的，這老家人對他的忠心，他比誰都知道得更清楚。

老家人垂著手，道：「莊丁、馬夫，連後院的丫頭和老媽子，一共是三十五個人，現在全都已打發走了，每個人都發了五百兩銀子，已足夠他們做個小生意，過一輩子了。」

薛斌點點頭，道：「很好。」

老家人道：「現在庫裡的現銀還剩下一千五百三十兩。」

薛斌道：「很好，你全都帶走吧。」

老家人垂下頭，道：「我……我不走。」

薛斌道：「爲什麼？」

老家人滿是皺紋的臉上，並沒有什麼表情，只是深深道：「今年我已六十八了，我還能走到什麼地方去？」

薛斌也不再說。他知道他們都一樣已無路可走。

風吹著院子裡的梧桐，天地間彷彿充滿了剪不斷的哀愁。

薛斌忽然道：「來，你也過來喝杯酒。」

老家人沒有推辭，默默的走過來，先替他主人斟滿一杯，再替自己倒了一杯。

他的手在抖。

薛斌看著他，目中充滿了憐惜之色。也許他可憐的並不是這老家人，而是他自己。

「不錯，我記得你今年的確已六十八歲，我們是同年的。」

老家人垂首道：「是。」

薛斌道：「我記得你到這裡來的那一年，我才只八歲。」

老家人道：「是。」

薛斌仰面長嘆，道：「六十年，一眨眼間，就是六十年了，日子過得真快。」

老家人道：「是。」

薛斌道：「你還記不記得你在這一生中，殺過多少人？」

老家人道：「總有二三十個。」

薛斌道：「玩過多少女人呢？」

老家人眼角的皺紋裡，露出一絲笑意，道：「那就記不清了。」

薛斌也微笑著，道：「我知道前年你還把剛來的那小丫頭開了，你別以爲我不知道。」

老家人也不否認，微微笑道：「那小丫頭本就不是什麼好東西，但剛才還是偷偷的多給了她一百兩銀子。」

薛斌也笑道：「你對女人一向不小氣，這點我也知道。」

老家人道：「這點我是跟老爺你學的。」

薛斌大笑，道：「我殺的人固然比你多，玩的女人也絕不比你少。」

老家人道：「當然。」

薛斌道：「所以我們可以算是都已經活夠了。」

老家人道：「太夠了。」

薛斌大笑道：「來，我們乾杯。」

他們只喝了兩杯。

第三杯酒剛斟滿，他們已看見一個人慢慢的走入了院子。

蒼白的臉，漆黑的刀。

梧桐並沒有鎖住濃秋。

傅紅雪站在梧桐下，手裡緊緊握著他的刀。

薛斌也在看著他，看著那柄漆黑的刀，神情居然很平靜。

傅紅雪忽然道：「你姓薛？」

薛斌點點頭。

傅紅雪道：「薛大漢是你的兒子？」

薛斌又點點頭。

傅紅雪道：「十九年前，那……」

薛斌忽然打斷了他的話，道：「你不必再問了，你要找的人，就是我。」

傅紅雪凝視著他，一字字道：「就是你？」

薛斌點點頭，忽然長長嘆息，道：「那天晚上的雪很大。」

傅紅雪的瞳孔在收縮，道：「你……你還記得那天晚上的事？」

薛斌道：「當然記得，每件事都記得。」

傅紅雪道：「你說。」

薛斌道：「那天晚上我到了梅花庵時，已經有很多人在那裡了。」

傅紅雪道：「都是些什麼人？」

薛斌道：「我看不出，我們每個人都是蒙著臉的，彼此間誰也沒有說話。」

傅紅雪也沒有說話。

薛斌道：「我相信他們也認不出我是誰，因為那時我帶的兵器也不是這柄鐵斧，而是柄鬼頭大刀。」

傅紅雪道：「說下去。」

薛斌道：「我們在雪地裡等了很久，冷得要命，忽然聽見有人說，人都到齊了。」

傅紅雪道：「說話的人是馬空群？」

薛斌道：「不是！馬空群正在梅花庵裡喝酒。」

傅紅雪道：「說話的人是誰？他怎麼知道一共有多少人要去？難道他也是主謀之一？」

薛斌笑了笑，笑得很神秘，道：「我就算知道，也絕不會告訴你。」

他很快的接著道：「又過了一陣子，白家的人就從梅花庵裡走出來，一個個喝得醉醺醺的，看樣子樂得很。」

傅紅雪咬著牙，道：「是誰第一個動的手？」

薛斌道：「先動手的，是幾個善使暗器的人，但他們並沒有得手。」

傅紅雪道：「然後呢？」

薛斌道：「然後大家就一起衝過去，馬空群是第一個上來迎戰的，但忽然間，他卻反手給了白天羽一刀。」

傅紅雪滿面悲憤，咬著牙，一字字道：「他逃不了的。」

薛斌淡淡道：「他逃不逃得了，都跟我完全沒有關係。」

傅紅雪冷冷道：「你也休想逃。」

薛斌道：「我根本就沒有逃走的意思，我本就是在這裡等著你的！」

傅紅雪道：「你還有什麼話說？」

薛斌道：「只有一句。」

他舉杯一飲而盡，接著道：「那次我們做的事，雖然不夠光明磊落，但現在若回到十九年前，我還是會同樣再做一次的。」

傅紅雪道：「為什麼？」

薛斌道：「因為白天羽實在不是個東西。」

傅紅雪蒼白的臉突然血紅，眼睛也已血紅，嘶聲道：「你出來。」

薛斌道：「我為什麼要出來？」

傅紅雪道：「拿你的鐵斧。」

薛斌道：「那也用不著。」

他忽然笑了笑，笑得很奇特，微笑著看了看他的老家人，道：「是時候了。」

老家人道：「是時候了。」

薛斌道：「你還有什麼話說？」

老家人道：「也只有一句。」

他忽然也笑了笑，一字字道：「那白天羽實在不是個東西！」

這句話說完，傅紅雪已燕子般掠進來。

但他已遲了。

薛斌和他的老家人都已倒下去，大笑著倒了下去。

他們胸膛上都已刺入了一柄刀。

一柄鋒利的短刀。

刀柄握在他們自己的手裡。

風吹著梧桐，風剪不斷，愁也剪不斷。

但仇恨卻可以斷的——剪不斷，卻砍得斷。

薛斌用自己的刀，砍斷了這段十九年的冤仇。

現在已沒有人能再向他報復。

就連傅紅雪也不能！

他只有看著，看著地上的兩個死人，死人的臉上，彷彿還帶著揶揄的微笑，彷彿還在對他說：「我們已活夠了，你呢？你知不知道自己是爲什麼而活的？」

爲了復仇？

這段仇恨是不是真的應該報復？

「那次我們做的事，雖然不夠光明磊落，但現在若回到十九年前，我還是會同樣再做一次！」

「潔如本來是我的，但是白天羽卻用他的權威和錢財，強佔了她。」

「我爲什麼要說謊？你難道從未聽說過你父親是個怎麼樣的人，那麼我可以告訴你，他是個……」

「我也只有一句話要說，那白天羽實在不是個好東西！」

薛斌的話，柳東來的話，老家人的話，就像是洶湧的浪濤，一陣陣向他捲過來。

他們爲什麼要說這種話？

他們說的話爲什麼全都一樣？

傅紅雪拒絕相信。

他父親在他心目中，本來是個神，他一向認爲別人也將他父親當做神。

但現在，他心裡忽然有了種說不出的恐懼，因爲現在就連他自己也開始懷疑。

「爲什麼會有那麼多在武林中極有身分地位的人，都不惜將自己的身家性命孤注一擲，不顧一切的要去殺他？」

這問題有誰能回答?有誰能解釋?

傅紅雪自己不能。

他站在那裡，看著地上的屍身，身子又開始不停的發抖。

風吹進來，吹起了死人頭上的白髮。

他們都已是垂暮的老人，他們做的事就算真的不可寬恕，也未必一定要殺了他們。

傅紅雪對自己做的事是否正確，忽然也起了懷疑。

他本是爲了復仇而生，爲了復仇而活著的。

但現在他卻已不知該怎麼辦了。

是不是應該再去追殺別的人?

還是應該饒恕了他們?

這仇恨若是根本不應該去報復，他活著還有什麼意義?

死人的臉，已漸漸僵硬，臉上那種揶揄的笑容，變得更奇特詭秘。

他們的眼睛本是凸出來的，現在眼睛裡竟突然流下淚來。死人絕不會流淚。

他們流的不是淚，是血!

他們的嘴角也在流血，七孔中都在流血，一種紫黑色的，閃動著慘綠碧光的血。

那也絕不像人類流出的血。

就連地獄中的惡鬼，流出的血都未必有如此詭秘，如此可怕。
這難道是他們在向傅紅雪抗議？
傅紅雪的手還是緊緊的握著刀，但他的掌心已沁出冷汗。
他忽然想衝出去，趕快離開這地方，愈快愈好。
可是他剛轉過身，就看見了葉開。
這陰魂不散的葉開。
葉開也在看著地上的死人，臉上帶著種很奇怪的表情。
丁靈琳遠遠的站在後面，連看都不敢往這裡看。
她並不是從來沒有看見死人，但卻實在從來沒有看見過這麼可怕的死人。
傅紅雪道：「你又來了。」
葉開點點頭，道：「我又來了。」
傅紅雪道：「你爲什麼總是要跟著我？」
葉開道：「這地方難道只有你一個人能來？」
傅紅雪不說話了。
其實這次他並不是不願意見到葉開。
因爲他剛才見到葉開時，心裡的孤獨和恐懼就忽然減輕了很多。
也許他一直都不是真的不願意見到葉開的，也許他每次見到葉開時，心裡的孤獨和恐懼都會減輕些。

可是他嘴裡絕不說出來。

他不要朋友，更不要別人的同情和憐憫。

丁靈琳身上的鈴鐺又在「叮鈴鈴」的響，在這種時候，這種地方，這鈴聲聽來非但毫不悅耳，而且實在很令人心煩。

傅紅雪忍不住道：「你身上爲什麼要掛這些鈴？」

丁靈琳道：「你身上也一樣可以掛這麼多鈴的，我絕不管你。」

傅紅雪又不說話了。

他說話，只因爲他覺得太孤獨，平時他本就不會說這句話。

現在他已無話可說。

所以他走了出去。

葉開忽然道：「等一等。」

傅紅雪平時也許不會停下來，但這次卻停了下來，而且回過了身。

葉開道：「這兩人不是你殺的。」

傅紅雪點點頭。

葉開道：「他們也不是自殺的。」

傅紅雪道：「不是？」

葉開道：「絕不是！」

傅紅雪覺得很驚異，因爲他知道葉開並不是個會隨便說話的人。

「可是我親眼看見他們將刀刺入自己的胸膛。」

葉開道：「這兩柄刀就算沒有刺下去，他們也一樣非死不可。」

傅紅雪道：「爲什麼？」

葉開道：「因爲他們早已中了毒。」

傅紅雪聳然道：「酒裡有毒？」

葉開點點頭，沉聲道：「一種很厲害，而且很奇特的毒。」

傅紅雪道：「他們既已服毒，爲什麼還要再加上一刀？」

葉開緩慢的道：「因爲他們自己並不知道自己已經中了毒。」

傅紅雪道：「毒是別人下的？」

葉開道：「當然。」

傅紅雪道：「是誰？」

葉開嘆了一口氣，說道：「這也正是我最想不通的事。」

傅紅雪沒有開口。

他知道連葉開都想不通的事，那麼能想通這事的人，就不會太多了。

葉開道：「能在薛斌酒裡下毒的人，當然對這裡的情況很熟悉。」

她的兒子怎麼可能被人毒死。

傅紅雪也許不善用毒，也許沒有看過被毒死的人，可是對分辨毒性的方法，他當然一定知道得很多。

只不過他懂的雖多，經驗卻太少。

傅紅雪道：「你的判斷是薛斌絕不會自己在酒裡下毒？」

葉開道：「絕不會。」

傅紅雪道：「別人既然知道他已必死，也不必在酒裡下毒。」

葉開道：「不錯。」

傅紅雪道：「那麼這毒是哪裡來的呢？」

葉開道：「我想來想去，只有一種可能。」

傅紅雪在聽著。

葉開道：「下毒的人一定是怕他在你的面前說出某件秘密，所以想在你來之前，先毒死他。」

傅紅雪道：「可是我來的時候，他還沒有死。」

葉開道：「那也許因爲你來得太快，也許因爲他死得太慢。」

傅紅雪道：「在我來的時候，他已經至少喝了四五杯。」

葉開道：「酒一端上來已下了毒，但薛斌卻過了很久之後才開始喝，所以酒裡的毒已漸漸沉澱。」

傅紅雪道：「所以他開始喝的那幾杯酒裡，毒性並不重？」

葉開道：「不錯。」

傅紅雪道：「所以我來的時候，他還活著。」

葉開道：「不錯。」

傅紅雪道：「所以他還跟我說了很多話。」

葉開點點頭。

傅紅雪接口道：「可是他並沒有說出任何人的秘密來。」

葉開道：「你再想想。」

傅紅雪慢慢的走出去，面對著滿院淒涼的秋風。

風中的梧桐已老了。

傅紅雪沉思著，緩緩道：「他告訴我，他們在梅花庵外等了很久，忽然有人說，人都到齊了。」

葉開的眼睛立刻發出了光，道：「他怎麼知道人都到齊了？他怎麼知道一共有多少人要來？這件事本來只有馬空群知道。」

傅紅雪點點頭。

葉開道：「但馬空群那時一定還在梅花庵裡賞雪喝酒。」

傅紅雪道：「薛斌也這麼說。」

葉開道：「那麼說這話的人是誰呢？」

傅紅雪搖搖頭。

葉開道：「薛斌沒有告訴你？」

傅紅雪的神色就好像這秋風中的梧桐一樣蕭索，緩緩道：「他說他就算知道，也絕不會告訴我。」

他的心情沉重，因爲他又想起了薛斌說過的另一句話：「白天羽實在不是個東西。」

這句話他本不願再想的，可是人類最大的痛苦，就是心裡總是會想起一些不該想、也不願去想的事。

葉開也在沉思著，道：「在酒中下毒的人，莫非就是那天在梅花庵外說『人都到齊了』的那個人？」

傅紅雪沒有回答，丁靈琳卻忍不住道：「當然一定就是他。」

葉開道：「他知道薛斌已發現了他的秘密，生怕薛斌告訴傅紅雪，所以就想先殺了薛斌滅口。」

丁靈琳嘆了口氣，道：「但他卻看錯了薛斌，薛斌竟是個很夠義氣的朋友。」

葉開道：「就因薛斌是他很熟的朋友，所以他雖然蒙著臉，薛斌還是聽出了他的口音。」

丁靈琳道：「不錯。」

葉開道：「那麼他若自己到這裡來了，薛斌就不會不知道。」

丁靈琳道：「也許他叫別人來替他下毒的。」

葉開沉吟道：「這種秘密的事，他能叫誰來替他做呢？」

丁靈琳道：「當然是他最信任的人。」

葉開道：「他若連薛斌這種朋友都不信任，還能信任誰？」

丁靈琳道：「夫妻、父子、兄弟，這種關係就都比朋友親密得多。」

葉開嘆息著，道：「只可惜現在薛家連一個人都沒有了，我們連一點線索都問不出來。」

丁靈琳道：「薛家的人雖然已經走了，但卻還沒有死。」

葉開點了點頭，走過去將壺中的殘酒嗅了嗅，道：「這是窖藏的陳年好酒，而且是剛開罈的。」

丁靈琳嫣然道：「你用不著賣弄，我一向知道你對酒很有研究——對所有的壞事都很有研究。」

葉開苦笑道：「只可惜我卻不知道薛家酒窖的管事是誰？」

丁靈琳道：「只要他還沒有死，我們總有一天能找得出他來的，這根本不成問題。」

她凝視著葉開，慢慢的接著道：「問題是你為什麼要對這件事如此關懷，這跟你又有什麼關係？」

傅紅雪霍然回頭，瞪著葉開，道：「這件事跟你全無關係，我早就告訴過你，莫要多管我的閒事。」

葉開笑了笑，道：「我並不想管這件事，只不過覺得有點好奇而已。」

傅紅雪冷笑。

他再也不看葉開一眼，冷笑著走出去。

丁靈琳忽然道：「等一等，我也有句話要問你。」

傅紅雪還是繼續往前走，走得很慢。

丁靈琳道：「她呢？」

傅紅雪驟然停下了腳步，道：「她是誰？」

丁靈琳道：「就是那個總是低著頭，跟在你後面的女孩子。」

傅紅雪蒼白的臉突然抽緊。

然後他就頭也不回的走了出去。

請續看《邊城浪子》下冊

邊城浪子（中）

作者：古龍
發行人：陳曉林
出版所：風雲時代出版股份有限公司
地址：10576台北市民生東路五段178號7樓之3
電話：(02) 2756-0949　　傳真：(02) 2765-3799
封面原圖：明人出警圖（原圖為國立故宮博物館典藏）
封面影像處理：風雲編輯小組
執行主編：劉宇青
業務總監：張瑋鳳
出版日期：古龍珍藏限量紀念版2024年3月
ISBN：978-626-7369-43-2

風雲書網：http://www.eastbooks.com.tw
官方部落格：http://eastbooks.pixnet.net/blog
Facebook：http://www.facebook.com/h7560949
E-mail：h7560949@ms15.hinet.net
劃撥帳號：12043291
戶名：風雲時代出版股份有限公司

風雲發行所：33373桃園市龜山區公西村2鄰復興街304巷96號
電話：(03) 318-1378　　傳真：(03) 318-1378
法律顧問：永然法律事務所 李永然律師
　　　　　北辰著作權事務所 蕭雄淋律師

行政院新聞局局版台業字第3595號 營利事業統一編號22759935

定價：340元　

國家圖書館出版品預行編目資料

邊城浪子／古龍 著.　-- 三版.--
臺北市：風雲時代出版股份有限公司，2024.01
冊；公分.（I 小李飛刀系列）古龍珍藏限量紀念版
ISBN 978-626-7369-42-5（上冊：平裝）
ISBN 978-626-7369-43-2（中冊：平裝）
ISBN 978-626-7369-44-9（下冊：平裝）
857.9　　112019833